Lådan med Kramar

ISABEL ALABERN VON ROSEN

översättning av
Inger A. von Rosen

ISBN: 9798867600327

———————

Den här boken är tillägnad mina döttrar,

som jag lär mig av varje dag

och som har fyllt mitt liv med kärlek,

glädje och mening.

———————

Stort tack till Inger A. von Rosen

för en magnifik översättning till svenska.

TACK

Till mina döttrar, alltid och för allt.

Till min mamma och till min pappa för att ni, utan att ta något för givet, med uppmuntran och respekt lärt mig att se på livet med nyfikenhet.

Till mina bröder för att vi sedan barndomen, med olika perspektiv på vägen, färdats tillsammans.

Till vänner för att ni under miljontals äventyr delat både söta och salta stunder och, viktigast av allt, för att ni finns där.

Till alla som bryr sig och tar hand om mig.

Till dem jag älskat och som har älskat mig.

Till mina goda lärare och mentorer för allt det ni lärt mig.

Till alla de viktiga människor som jag mött av en slump och som har hjälpt mig att förstå.

TACK

DEL 1

ETT DATUM

När du får beskedet att du har en dödlig sjukdom kan din första tanke vara att det inte handlar om dig – även om det inte finns någon annan i rummet. Det blir en känsla av overklighet, både fysiskt och psykiskt, och din kropp känns främmande. Den är inte längre din och när du går är det som om stegen tas av någon annan. Du är som en marionett vars rörelser du inte styr över, samtidigt som du med ditt förstånd försöker att skapa ordning och få allt att åter falla på plats.

Förlusten av kontroll kan förvandlas till en enorm vrede, en ilska så kompakt att den, på gott eller ont, behöver frigöras i en kraftig explosion som riskerar att ta kål på allt känt.

Efter en kollaps kan du gråta ut, men ändå utan att förstå. Du kanske kraschar i en fåtölj eller på golvet, det spelar ingen roll, men – det kanske är golvets kyla eller fåtöljens värme som gör det – i ett visst ögonblick påminns du om att det fortfarande finns det som är gott och kan få dig att njuta. Nervceller väcks till liv, som vid ett dopp i en isvak, blodet strömmar och du reser dig för en sista rond. Du kan upptäcka hur du fått en ny möjlighet, en öppning som du ser just i den stund då du fattat att det faktiskt är din sista kamp som tagit sin början.

Även om du redan på förhand vet att den striden är förlorad, har du fått en chans att lämna ett sista avtryck i den här världen.

MARTA - 15 JANUARI 2021

Äntligen hemma efter en lång och trist arbetsdag, då det verkat som om minuterna lekt med timmarna i ett tortyrliknande spel. För Marta hade spelet denna dag bara upphört helt kort mellan hennes samtal med olika kunder som, precis som vanligt, varit mer eller mindre missnöjda. Hon hade länge funderat på att byta jobb men det var inte så lätt, eller också hade hon helt enkelt ännu inte hittat något som motiverade henne att komma till skott och ta tag i saken. Just nu fick det vara som det var. Hon ville bara få sig en dusch och sen vila på soffan, ta något lätt att äta, som inte behövde tillagas, med ett glas rödvin – fyllt till brädden.

I kön på väg hem hade kvällen tagit med sig en del av dagens ljus i sin färd mot natt. Då hade bilen framför saktat in och sen blivit helt stillastående och de bakom hade börjat tuta hysteriskt. Marta upplevde det som ännu ett exempel på den lilla empati som hon tyckte att hon dagligen konfronterades med. Fast, den här gången behövde hon ju inte bry sig, det var inget som hon fick betalt för. Hon hade kunnat låta de andra bli upprörda utan att det på något sätt angick henne. Det hade känts som att detta lilla beslut tillhörde henne och hon hade lett, just som hon insett att det var precis det hon ägnat dagen åt: att stå ut med allt, utan att ge svar på tal.

Det hade fått henne att bestämma sig för att kliva ur bilen och tillrättavisa los pitones, tutarna där bakom. De som helt saknade tålamod, så utan känsla för rättvisa och som verkade behöva ta varje tillfälle i akt för att få skrika ut sin frustration. Förolämpningarna som hon fått haglande över sig hade hon kunnat ta med en klackspark – det var ett tag sedan sådant påverkade henne. Visserligen hade hennes puls ökat men när hon åter satt sig i bilen hade hon stönat till av tillfredsställelse. Det hade varit värt det.

Nu stod hon vid trappavsatsen till sitt hus efter att ha burit in shoppingkassarna med det som hon handlat under sin middagsrast, plockat upp nycklarna (som hon tappat två gånger) och bråkat med garagedörren. Väl framme vid hennes ytterdörr var det nära att hon snubblat över något som stod på golvet. Kappan, väskorna, munskyddet och den mjuka pannluggen gjorde att hon knappt kunde se vad det var, men bestämde sig för att det kunde vänta tills hon lämpat av sig allt på stolen vid entrén. Hon väjde undan, öppnade sin dörr och gjorde sig fri, men när hon skulle stänga till såg hon vad det var som hade fått henne att tappa balansen och som därmed kunde ha fullbordat den räcka av händelser, som kantat denna dag av ledsamheter. Det var en halvstor låda och eftersom hon inte väntade sig någon leverans antog hon att det måste vara grannens paket. Hon lät därför lådan stå kvar där den var och låste sin dörr.

I all sin enkelhet kändes det som en underbar kväll. Om några timmar skulle det vara lördag och därmed början på en helg som lovade lugn och vila. När Marta vaknade var hon kvar i sin dröm och det blev till ett av dessa långa uppvaknanden då hon tillät sig att bara sträcka på sig och ligga kvar under täcket. Hon fortsatte att njuta i nattens värme medan solen gick upp och genom de öppna persiennerna kunde hon se hur himlen fick nytt ljus, allt eftersom färgerna förändrades. Det kändes gott och det fina vädret fick henne att bestämma sig för att ta en promenad innan hon satte i gång med det hon planerat för dagen, men först njöt hon en bra stund av en kopp kaffe och ett par av sina favoritkakor.

När Marta öppnade dörren såg hon att lådan stod kvar och hon böjde sig ner efter paketet, som hon antog var till grannen Nacho. Han höll på med datorer, både som yrke och hobby, och han lämnade sällan hemmet. Det hände ofta att återförsäljarna av misstag ringde på hennes dörrklocka och hon trodde att det inte gick en dag utan att han fick något levererat. Hon var därför redan på väg till Nachos dörr när hon läste på adresslappen, stannade till och kände hur hon fick gåshud.

SOMMAR 1987 - BARNDOM

Marta hade varit trött på sitt namn. De hade intressanta namn – inte som hennes – alla de kvinnor hon såg på TV eller läste om i böcker och vars fascinerande liv hon föreställde sig att hon ville leva.

Efter skolan hade hon sällskap av Felipe, på väg hem till Hugo som hade fem valpar och en katt. Hon beundrade Felipe som var intelligent, rolig och framför allt en väldigt stilig kille. Han var fransman och gick därför i en annan skola, men de hade alltid varit grannar och trots att han var två år äldre kom de bra överens. Han kom ofta hem till henne för att äta mellanmål och leka när hans mamma jobbade sent.

Han brukade skratta när Marta ondgjorde sig över sitt namn. För Felipe spelade det ingen roll. Han tyckte Marta var lika fint som vilket annat namn som helst, men så en dag började han kalla henne Victoria. Felipe hävdade att det var ett namn för en drottning och att han hoppades att det löste hennes problem, som han egentligen tyckte var fånigt.

MARTA - 16 JANUARI 2021

"Victoria … Efternamn … Adress …."

Det var många år sedan hon hört det namnet, åtminstone med hänvisning till henne, men det rådde ingen tvekan för både efternamnet och andra uppgifter stämde. Marta kände sig omtumlad när hon vände sig om och gick in till sig. Hon slog sig ner på en av matsalsstolarna och ställde lådan på bordet. Där blev hon sen sittandes och stirrade på den i några minuter.

Som avsändare stod "La Caja de los Abrazos", lådan med kramar. Det föreföll henne som ett säreget men mycket poetiskt företagsnamn. Kramar var något som Marta verkligen saknat sedan mars 2020, då covid-pandemin svept in över världen. Fast, det var svårt att fatta hur kramar skulle kunna komma per paket, även om hon önskade att det var möjligt.

Det var ju helt klart att en låda med ett sådant namn måste innehålla något gott, men hon väntade med att öppna denna nya skattkista.

Victoria. Vem kallade henne så? Felipe såklart och även, en gång i tiden, Hugo och hans syster Alba. Det var länge sen hon hade förlorat kontakten med dem, alltför många år sedan. Numera var det heller inte så ofta som hon tänkte på dem, även om hon gjort det många gånger. Det hade mest hänt vid tillfällen då hon tillåtit sig själv att dagdrömma och förlora sig i tanketrådar om vad som kunde ha hänt i ett annat liv, en parallell tillvaro där saker och ting skulle ha varit bättre.

DIADEM - BARNDOM

"Victoria, och varför ett diadem?" "- Betydelsefulla kvinnor bär pannband så att alla vet att de är viktiga, och för att bli vackrare. Jag kommer alltid att bära diadem."

Alba, Hugos lillasyster, hade tittat beundrande på henne. Hon var fyra år yngre och fascinerad över att Marta var så framåt och hade gett sig själv ett annat namn. Hon kände sig speciell när Marta, nu Victoria, kom för att hälsa på dem och hon älskade att hon tog på sig en ledarroll. På så sätt kunde Alba få hålla sig i bakgrunden.

Den sommaren var magisk. Först hade det varit valparna som gjort att de fyra barnens träffades nästan dagligen. Genom leken och allt eftersom tiden gick växte deras vänskap och fördjupades. De lekte och växte tillsammans, kunde skratta åt nästan vad som helst, men fanns också där som stöd när någon av dem inte hade det bra och de kom att dela många förtroenden. De präglades av allt det som dag för dag hände runtom och de personligheter som de utvecklade avslöjade såväl brister som tillgångar, både deras svagheter och styrkor. Hos dem växte fram en omsorg och ett öppet sinne, utan fördomar eller särskilda förväntningar och som gjorde att de sinsemellan såg vad andra inte kunde se.

De provade sig fram genom sina lekar. Det är det bästa sättet att lära sig att leva livet, i stället för att bara stå vid sidan av och titta på, vilket är det som hindrar dig från att få ut det bästa av tillvaron. Det är därför som ingen känner dig som vuxen bättre, än din bästa barndomsvän. Precis som det inte finns någon glad vuxen som inte behållit delar av sitt barnasinne.

UNIFORM - BARNDOM

För varje dag kändes promenaden hem allt tyngre. Inte för att det var långt, utan för att när hon väl var hemma så var hon tvungen att åter bli Marta, husets lilla flicka som alla skickade i väg på ärenden och där det inte fanns plats för några drömmar. Med sina bästa vänner kunde hon vara sig själv och känna att framför henne låg ett äventyr och väntade, där hon skulle nå så högt hon bara ville. Det gjorde det extra svårt för henne att samtidigt vara Marta, som man förväntade sig skulle följa allas givna kommandon och, utan att bli arg, snällt foga sig.

Hemma lärde hon sig att hålla tyst och lyda. Hon behövde låtsas att vara vad hon inte var, att acceptera orättvisor och att följa alla order som hon fick, men det var så som hon lyckades behålla ett lugn. Det var den strategi som gjorde att hon kunde hålla sin verkliga personlighet på säkert avstånd från de meteoriter som fladdrade omkring i hennes närliggande universum.

Hon hade trott att den rustning som hon hade byggt omkring sig skulle ge henne ett säkert skydd. Vad hon inte insåg var att den hade kommit att ta en mer och mer framträdande plats och med tiden blivit något mer än hennes kungliga uniform.

FELIPE - 16 JANUARI 2021

Han hade alltid varit en problemlösare och den här gången skulle det inte bli annorlunda. Felipe var övertygad om att det, med några dagar på landet, skulle gå över. Han behövde bara vila lite. Det här var sådant som kunde hända när man närmade sig femtio och praktiskt taget ensam styrde över ett stort företag. Det var en bagatell, det hade bara varit ett skrämskott; lite stress, inget mer. Som ett mantra hade Felipe fortsatt att upprepa dessa och andra liknande fraser. Ibland hade det fungerat och fått honom att känna sig lugnare. Resten av tiden hade han hanterat sin oro med en whisky, med mycket is i ett lagom stort glas.

Misstanken om en hjärtinfarkt kan dra i gång ett signalsystem i kroppen med varningsklockor som sen inte slutar larma. För att kunna hantera hjärtångest, som en befogad rädsla eller ej, behöver en intelligent hjärna nås av besked som hjälper den att kunna berätta för kroppen hur den klokt ska svara på larmet.

Felipe hade hyrt ett litet hus där bilderna i annonsen utlovat frid, får, terrasser fulla av olivträd och utsikt över havet från husets framsida. Det låg mellan Soller och Deiá och i bakgrunden fanns bergen. Huset i sig var inte särskilt lyxigt, men väldigt bekvämt och trevligt med rejäla väggar, några av sten. Bjälkarna i taket gjorde att huset kändes varmt och ombonat trots att de bara var kopior av de gamla takstolarna. Dessutom var klinkergolvet ett riktigt plus, med dess olika ljusbruna nyanser. Möblemanget var nästan genomgående i teak, men köket var ljust, modernt och mycket funktionellt. Det öppnade generöst mot vardagsrummet och den öppna planlösningen gjorde att nedre delen av huset kändes som en helhet. Det här var sådant som hade blivit en självklarhet för Felipe att uppmärksamma. Hus och byggnadsdetaljer var sedan länge en del av hans yrkesliv, först som arkitekt och senare som fastighetsutvecklare. I jobbet hade han rest runt och besökt otaliga lägenheter och hus på uppdrag av kunder som, när de skulle välja bostad, uppskattade att bli serverade just den sortens detaljer.

I vardagsrummet fanns en stor välkomnande krämfärgad soffa, klädd i canvastyg med enorma rödbruna kuddar. På det låga bordet framför honom hade man lämnat en jätteskål full med apelsiner, en burk med saltad rostad mandel och två stora glas tillsammans med en flaska vin. Det kändes som en fin gest av ägaren och han måste komma ihåg att tacka honom, men nu ville han bara komma ut i friska luften. Hans lungor hade ägnat timmar åt att hyperventilera och skulle nu få en chans till återhämtning.

Han bytte sina nya sneakers mot ett par kängor, som han hämtat från förrådet när han packat ihop sina saker från det som, till för några månader sedan, hade varit hans hem. Han hade flyttat till en vacker lägenhet, belägen i en byggnad som han för ett tag sedan själv ritat och byggt. Fast, det var egentligen inget hem och efter flytten hade flera lådor stått kvar ouppackade i ett av de rum som han sällan använde. Där hamnade över huvud taget allt sådant som ännu inte fått en given plats, men också nytvättade kläder.

De senaste månaderna hade varit jobbiga, väldigt tunga. Fram till dess hade hans liv, med vanliga mått mätt, framstått som närmast idylliskt och med sin bakgrund och utbildning hade han tyckt att allt hade flutit på bra. Men så en dag hade hans kropp sagt ifrån, eller det var så det hade känts då han snubblat, fallit framstupa, slagit i ansiktet och smutsat ner sin kostym. Visst hade han redan innan dess haft några känningar, men inga signaler som han hade tyckt sig behöva ta på allvar och göra något åt, men sen hade allt gått väldigt fort.

Överhuvudtaget verkar allt gå så mycket snabbare när barnen växer och blir äldre, även skilsmässoavtal. Felipe och hans fru hade gemensamt bestämt sig för att sälja huset. Ingen av dem ville fortsätta att leva omgiven av minnen som verkade ha blivit hopplöst förvrängda och inte längre kändes som om de var på riktigt. Det fanns inga skyldiga och det blev inga stora diskussioner. De hade sedan länge slutat att växa tillsammans och den del av livet som de haft gemensamt hade helt enkelt tagit slut. Med skilsmässan lämnade han bakom sig det som varit och fick sen några månader med många skratt. Helt oväntat hade han glidit tillbaka till vad som liknade hans ungdomsår, med många vackra kvinnor och fantastiska samtal, andra intressanta bekantskaper, roliga kvällar, fester med eller utan sex ... Den friheten, den där underbara känslan att vara utan band, hade hjälpt honom att tysta ner hans inre röst som gnisslat om att han slösade bort sitt liv.

Den där inre rösten hade återkommit en tid senare, när han suttit på en bar och fikat med en vän som var psykolog. Han hade då hört hur den dykt upp ur själens djup och han hade samtidigt känt av trycket i sitt bröst. De hade avslutat sitt kaffe, drinken och efterföljande middag. Det hade fått Felipe att inse att hans frustration var verklig, men att orsaken till den enorma känsla av besvikelse som han bar inom sig egentligen hade stått för något annat än att han var en misslyckad person. Det kan kännas konstigt att inse hur vi människor envisas med att inte uppfatta kroppens signaler och att förneka oss själva. Allt skulle vara så mycket lättare om vi var bättre på att lyssna – och innebära en mycket mindre smärtsam process.

Samtidigt med allt festande hade han fortsatt i samma höga arbetstempo. Trots sömnbrist och stress hade Felipe känt det som att han behövde båda delarna i sitt liv och att det var möjligt att hitta en balans mellan hårt arbete och ett intensivt socialt liv. Även om han inte mådde prima hade han inte haft en tanke på att det skulle kunna utgöra en perfekt grogrund för ohälsa men det hade sen blivit etter värre med covid-19, beslut om hemisolering och ett tvärstopp i fastighetsmarknaden.

Det kan komma en tid då du inte orkar mer; när du har vissa förväntningar på hur saker och ting kommer att gå och du i stället plötsligt befinner dig instängd mellan fyra väggar, där du ensam har att kämpa med osäkerhet, medveten om att checkkonton och bolån beror på något bortom din kontroll.

STENHUSET - UNGDOMSTIDEN

Det hade varit Victoria som föreslagit att vännerna skulle träffas och gå till det övergivna stenhuset, ett stycke historia som låg inte så långt från deras hem. Bredvid fanns också en gammal kvarn som bara hade kvar några av sina vingar. Den här platsen hade blivit ett av deras favoritställen och det var dit de gick, särskilt på helgerna, när de hade något viktigt att berätta eller bara ville ha kul. De brukade ta med lite öl, som blivit över i föräldrarnas kyl, och ett paket tobak som Hugo köpt i grannstadens tobaksaffär. Sedan han blivit med moped hade livet förändrats, både för Hugo och för de andra.

För länge sedan hade deras mötesplats varit en lada där man förvarat jordbruksredskap och andra verktyg. Några spår av dem fanns fortfarande kvar, fastän gamla och oanvändbara. Taket var halvt kollapsat och en rejäl massa halm skymtade mellan dess bjälkar, som sackade i mitten och där taket nödtorftigt hade täckts över av lite vass och en skiva fibercement. Mot en av innerväggarna stod ett vagnshjul lutat. Järnringen runtom var rostigt och träet hade antagit en ljusgrå färg. De brukade hänga sina jackor där och på en av ekrarna hade de ristat in sina initialer i hopp om att de bokstäverna, precis som de själva, skulle förbli oförändrade för alltid.

På den tiden fanns inga mobiltelefoner och man behövde i förväg komma överens om att man skulle ringa eller också räknade man med att ha tur, att den man ville prata med var hemma just då. Det var därför Victoria verkligen hade funderat över när det skulle passa att under kvällen ringa runt till sin lilla grupp; ungefär 21:30, i hopp om att hon inte skulle avbryta någon familjemiddag, och före 22:00, för senare än så ansågs inte som acceptabelt att ringa, om inte något allvarligt hänt. Hennes röst hade låtit allvarligare än vanligt och de hade bestämt att träffas nästa dag klockan 16.00, framför Felipes hus som låg närmast platsen med det gamla stenhuset.

Efter en hälsning som var mer avslagen än vanligt började de sin marsch mot ödehuset och hoppade över stenar på grusvägen. Victoria var tystlåten, hade blicken fäst vid vägrenen och höll lite högre fart än vanligt. Hugo å sin sida trixade sig fram med sin moped och, för att inte komma för långt i förväg, höll han hela tiden på att omväxlande gasa och bromsa. Hans syster Alba försökte hålla jämna steg med sin vän, som hon kände på något sätt behövde stöd. Felipe verkade vara omedveten om den udda stämningen och drog dåliga vitsar, men som bara han själv flinade åt. Alba var också road men det kändes inte rätt att skratta när hennes vän uppenbarligen inte var upplagd för skämt. Hon försökte därför diskret teckna åt Felipe och med ögonen göra honom uppmärksam på situationen, men han fortsatte utan att märka något.

Framme vid ödehuset slog sig Victoria ner på en stor platt sten vid sidan av entrén, och började gråta. Felipe fattade ingenting och frågade henne vad som var fel. Alba, som hade satt sig på huk bredvid sin vän, kramade henne tyst och höll sig så nära som möjligt. Hugo närmade sig från husets baksida där han hade lämnat mopeden lutad mot väggen där det växte en massa gräs. Det hade verkat vara perfekt för att dämpa mopedens fall, ifall den skulle råka tappa balansen. Han dök nu upp bakom Victoria och tittade sen undrande på Felipe, som ryckte på axlarna, rynkade pannan och antydde att han inte heller hade någon aning. Victoria förklarade då att de skulle bli tvungna att flytta. Företaget som hennes pappa arbetade för hade stängt sin filial i Palma och enda sättet för honom att få behålla jobbet var att ansluta sig till huvudkontoret i Madrid. De skulle flytta redan veckan därpå.

Victoria pratade tyst och lät skakig på rösten. Hennes snyftningar gjorde det helt klart att hon menade det hon sa, att hon skulle sakna dem väldigt mycket. Den eftermiddagen tömde de flera ölburkar och en flaska ört-brännvin, som de hade gömt i en av stenväggarna. De pratade mer än någonsin om alla sina äventyr, skrattade högt åt en oändlig mängd dumheter de gjort sig skyldiga till och Hugo sa att han var glad att han hade köpt två paket tobak den dagen. Det blev mörkt och de glömde bort att äta. När de kom hem hann de bara säga godnatt innan det var dags att gå och lägga sig.

Den dagen gick namnet Victoria förlorat för Marta och med det, förutom smeknamnet, allt vad det hade stått för. Den natten ersattes drömmarna om ett diadem med mardrömmar, fulla av skräck och osäkerhet. Hon skulle tvingas fortsätta sin vandring på okända stigar, utan de vänner som hade fyllt hennes dagar med mening. Hon hade drömt om att hamna i kvicksand. När hon vaknat med ett ryck hade hon å ena sidan varit lättad över att känna igen väggarna i sitt rum. Å andra sidan hade hon fått ångest över att drömmen tagit slut innan hon fått veta om hon till slut skulle ha klarat sig upp ur kvicksandsgropen.

MARTA - BLIR VUXEN

Att komma till Madrid som 17-åring och där börja sista läsåret i en ny skola är inte vad varje tonåring fantiserar om och det hade inte varit Martas dröm. Hennes äldre bröder hade några år innan farit i väg till Barcelona för företagsstudier respektive att plugga till veterinär och de delade där lägenhet med några andra studenter. De möttes under sommarlovet och till jul, men hade i övrigt sällan kontakt och nu saknade hon sina bröder. Hon insåg att de, trots alla bråk och tröttsamma kommentarer, hade gett henne trygghet när livet känts jobbigt och varit ett kul sällskap när hon haft gott flyt i tillvaron.

Marta lyckades ändå att snabbt anpassa sig och få nya vänner, så hon kände sig relativt lycklig. Madrid var fascinerande, fullt av historia, stort med ett myllrande folkliv och hon fick dagligen nya upplevelser. Liksom de flesta andra i hennes bekantskapskrets behövde Marta lära sig att hantera olika utmaningar och en känsla av osäkerhet, men hon vande sig snart och tyckte att hon klarade sig ganska bra.

Efter flytten från Mallorca skrev hon till en början varje lördag till sina barndomsvänner. Brevet adresserade hon till Alba och föreställde sig att de tre skulle läsa det tillsammans i det övergivna stenhuset. Ibland fick hon svar och ibland inte. Utan att hon tänkte närmare på det blev det successivt allt glesare mellan breven. Så småningom hade korrespondensen helt upphört och de sågs bara en gång under påsklovet. Marta hade då kommit till Mallorca för att tillbringa några veckor med sina farbröder och njuta av havet, hennes efterlängtade hav. Det är ju så att tiden går och det kan tyckas märkligt hur våra prioriteringar allt eftersom blir annorlunda men att vi knappt lägger märke till det – även sådant man tagit för givet att det aldrig skulle förändras.

Bara det verkar finnas kvar som har ristats in i hjärtat, om än det är ett organ som tycks kunna fortsätta fungera självständigt och länge lyckas klara av att pumpa på som vanligt. Det kan finnas minnen som surfar upp först då något verkligen kommer åt det där hjärteärret, men det sker inte lättvindigt. För att det ska hända krävs att något drabbar en med samma kraft som då man – kanske efter en period av vapenvila – blir måltavla för Amors pilar och, utan samvetskval, hamnar på ett moln fullt av överflöd. Det var mötet med Marcos som fick Marta att, i skolan mitt under en filosofilektion, sväva in i det där molnet. Mellan dem uppstod en kemi som inte behövde förklaras och alla hormoner, som forsade runt i deras kroppar och huvuden, fick dem att gå vilse. Kvar fanns en sommar utan strand och en september där målet inte längre var synligt.

Ibland har föräldrar inget att sätta emot när deras tonåringar är envisa, och orubbligt bara har bestämt sig för något. Det kanske i synnerhet är sant om det sker i ett läge då föräldrarna själva upplever att allt verkar gå dem emot, ögonblick då det känns som övermäktigt att ens klara av att vakna upp för att ta sig an en ny dag. Martas föräldrar befann sig i ett sådant skede av livet, när hon bestämde sig för att hoppa av skolan och börja jobba "med vad som helst", för att kunna flytta ihop med Marcos "så snart som möjligt".

Det kan vara frestande att helt byta klädstil när det känns som det gamla verkar vara helt fel – och särskilt om det är någon annan som bidrar till att snabbt förändra den bild av en själv, som man burit med sig sedan barndomen. Då kan det allt som oftast hända att man glömmer var man har lagt sockorna, precis som det är mycket troligt att man tappar bort dem. Lika lätt som att förlägga sina kläder är det att låta ambitioner gå förlorade och att tappa bort de mål man satt upp. Och eftersom läsglasögon ofta används först när man fyllt fyrtio, kan det bli så att man en bra bit av vägen trevar sig fram i blindo.

Hennes relation med Marcos, då de bodde i en liten lägenhet inte långt från Plaza de Santa Ana, kom att vara kortare tid än hennes jobb i presentbutiken. Marta behöll lägenheten för att hon redan hade bott in sig i området och för att den var ganska billig. Hon hade också inrett den fint och hon gillade att den hade en balkong där hon fick plats med en stol och ett bord i smidesjärn, som hon köpt i mycket gott skick. Gatorna och byggnaderna i Barrio de las Letras var fulla av kultur. Det var kanske det som fått henne att återvända till sina böcker. Det hade hon gjort efter en natts festande när hon träffat Fermín.

Han var inte lång, och inte kort. Man skulle inte kalla honom en kul kille, men han var ett väldigt trevligt sällskap och han hade förmågan att få den som var med honom att må bra. För honom hade det räckt med några minuter tillsammans med Marta för att han skulle veta att han ville träffa henne igen. Sen tog det bara några månader för att han skulle vara säker på att han ville att det skulle vara så här jämt, varje morgon och varje kväll som föregick den där gryningen. Det blev ett slags multipelfirande när de gifte sig. Marta hade då avslutat sin administrationskurs, var gravid och så firade de sin flytt till en ny lägenhet.

Fermín var klar med sin examen i industriteknik och hade, genom en vän till hans far, fått jobb som fabrikschef. De flyttade till en större lägenhet som hade hiss, dörrvakt och en innergård med en liten trädgård med bänkar. När Julia föddes, och Marta inte kände för att gå långt, så kunde hon i timmar bli sittandes på den där gården och bara titta på sin dotter. När lilla Julia var tre år satt de båda på knä framför en av rabatterna och planterade en rosenbuske och sådde några frön, som de köpt under en av sina promenader genom Mercado de las Flores.

Marta älskade sin dotter. Hon njöt av att vara med henne, att varje dag lära henne nya saker och att få uppleva hennes förvånade ansikte när hon tog in alla nyheter. Eftersom lägenheten var stor och flickan fortfarande var liten kändes det inte som om det var någon brådska för Marta att söka jobb.

När Julia hade fyllt sexton år for hon till USA för att studera. Det var ett år som blev två och när hon sen kom tillbaka väntade universitetet i Salamanca. Juridikstudierna tog mycket av hennes tid och även andra åtaganden gjorde att det blev allt glesare mellan helgbesöken där hemma. Plötsligt kände Marta det som att lägenheten verkade ha krympt, liksom hennes roll i den.

Sen hon fått klart för sig att Fermín i åratal letat efter värme i andra sängar hade hon tänkt att hon själv bara känt sig varm när hon satt på sig hans julklappsstrumpor. Hon visste inte hur det hade blivit så här, även om hon anade att det hade börjat den dagen då en av praktikanterna på Fermíns jobb hade bestämt sig för att öppna något annat än posten. En sådan affär kan vara svår att avsluta och kanske ännu mer så om den har tagit det äkta paret med överraskning och de blundat för olika varningssignaler. Det var María, Fermíns sekreterare, som efter en tid hade berättat om det för Marta. De hade blivit goda vänner och det hade kommit fram en kväll när drinkarna blivit lite för många för att förtroenden skulle kunna hållas på avstånd. Baksmällan dagen efter hade inkluderat lika delar huvudvärk och sargat hjärta, med ett illamående som en biprodukt av båda.

Det var uppenbart att detta vänstrande, trots Fermíns försök att dölja det hela och att Marta inte fattat vad som pågick, redan från första stund hade påverkat deras sexliv och att det sen hade pågått. Plötsligt var han ofta trött, sa att han hade mer jobb än vanligt och därför behövde arbeta övertid. Medvetet eller omedvetet hade han också börjat komma med förminskade kommentarer om Marta- Kanske var det ett sätt att försöka rättfärdiggöra hans beteende? Hon hade tidigare inte tyckt det varit något större fel på henne eller deras liv, men sen hon fått reda på hans otrohet hade hon känt sig alltmer osäker.

Hon hade haft lätt att släppa taget och hade trivts i sängen och med deras samliv. Nu började hon fundera över om hennes rumpa inte längre var så fast och att hennes bröst nog inte hade klarat graviditeten så bra. Hennes underkläder kändes inte längre upphetsande och när hon kom ut ur duschen såg hon bara en blek, lätt spänd kropp, krönt av en föga smickrande frisyr. Samtidigt som Fermíns utsvävningar verkade ge honom vingar, fick Marta allt sämre självförtroende och känslan av osäkerhet grävde sig djupare och djupare in. Till slut kändes det nästan som att det var logiskt att hennes man skulle leta utanför hemmet efter det hon som uppenbarligen inte kunde ge honom.

Strax efter att Julia börjat sitt andra år på universitetet bestämde sig Marta ändå för att det åter var dags att 'byta uniform och strumpor'. Hon behövde återupptäcka sig själv och hitta en ny väg i livet, väl medveten om att det inte skulle bli lätt och att det i hennes nya hem förmodligen skulle finnas vare sig dörrvakt eller trädgård.

28

I sin bil följde hon efter flyttbilen, som åkte i väg med alla hennes saker, men först sedan hon hade ryckt upp den rosenbuske som hon för så många år sedan hade planterat tillsammans med Julia. Marta hade lagt den i en canvaspåse, fast besluten att plantera den i en stor kruka. Hon hade behövt ställa den i vardagsrummet där den sen växt till sig och hon hade sett den födas på nytt varje säsong. Det påminde om att förändringar går i cykler och att klippet av en sekatör kan få något att blomma upp och bli vackert på nytt.

MARTA - 2019

Sorgen efter ett uppbrott kan bli som en evighetslång kamp där ett grått töcken fyller själens alla tomrum med en förlamande hopplöshet, inte olik en ful, grå dimma som aldrig verkar släppa taget. Även tårar kan länge grumla sikten och hindra oss från att upptäcka de vägar som kan leda fram mot återhämtning. Det kan då vara till stor hjälp om man har ett arbete som håller en sysselsatt, och kanske särskilt om det är en förutsättning för att man ska kunna försörja sig själv och betala alla räkningar.

Det är inte alltid lätt att hitta ett jobb när man fyllt fyrtio och saknar tidigare arbetslivserfarenhet. Marta välkomnade därför möjligheten att bli telefonförsäljare. Det var María – Fermíns sekreterare, som hon fortsatt att ha kontakt med och ibland träffade på eftermiddagarna – som berättat för henne om en försäkringsbyrå som sökte säljare och personer för deras "kundservice". Marta hade varit glad att bli kallad till anställningsintervju och hon fick sen också en provanställning. Hennes tidigare utbildning och det självförtroende hon uppvisat hade övertygat den som ansvarade för tillsättning av personal, att Marta borde få chansen.

Hon började jobba efter att ha fått en kurs godkänd, där hon i princip lärt sig att artigt fördröja och skriva ner klagomål i ett specialdesignat dataprogram. Det var nu ett och ett halvt år sedan, vilket kändes som en hel evighet men det var ett arbete där den undergivenhet hon som barn hade lärt sig till fulländning, verkligen hade kommit till nytta.

MARTA - 16 JANUARI 2021

Hon gick för att hämta en tandad kniv från den andra lådan i köket, men bestämde sig i stället för att ta en sax, som hon tänkte skulle göra mindre skada på lådan. Hon satte på mobilen i shuffle-läge och valde musik från spellistan med titeln "80ies". Whitney Houstons "I Wanna Dance with Somebody" fick henne att omedvetet börja vicka på höfterna när hon närmade sig matsalen.

Förpackningen hade packtejp runt omslagspapperet. Marta kunde känna att det där under hade fastnat bubbelplast så hon klippte och rev utan att känna sig särskilt orolig för att något skulle komma till skada. Under detta ytterhölje fanns en beige låda och på locket en stor, vit rosett. Det var vackert och dessutom fanns där ett rektangulärt kort som var textat med guldpenna. Hon trodde sig sällan eller aldrig ha fått en så elegant och mystisk gåva.

HUGO

En relativt lycklig barndom hade, tillsammans med ett bra kompisgäng, följts av en acceptabel tonårstid. Det hade känts ganska okey och särskilt sedan han blivit med moped. Med den hade han fått den frihet som han behövt för att kunna komma i väg, också när det kört ihop sig hemmavid.

Det var så Hugo valt att sammanfatta sitt liv fram tills det ögonblick då han hade en första dejt med Leonor.

De hade träffats vid en mottagning när de just börjat på läkarskolan och den där välkomstfesten var ett av deras få partyn under hela utbildningstiden. Tillsammans med andra ambitiösa kursare bildade de en studiegrupp och allt slit skulle komma att säkra deras framtid som läkare. Fast, även för deras mindre flitiga studiekamrater var det uppskattat att ha föräldrar som kunde stå för de höga månadsavgifterna på deras privata universitet – inte minst för dem vars betyg inte räckte till för att säkra en plats vid en statlig utbildning.

Med sina studieresultat skulle Leonor ha kunnat få ett stipendium till vilket universitet som helst, offentligt eller privat. Hennes familj menade dock att hon på det privata universitetet kunde knyta kontakter vilka på sikt skulle kunna visa sig vara lika viktiga som själva undervisningen, inklusive möjligheten att hitta en god partner... När så Leonor, med högsta betyg, var klar med sin slutexamen, valde hon att utbilda sig till hudläkare. Det var ingen jourtung specialitet och en disciplin som skulle ge henne mer tid för sig själv och för den familj som hon inom en snar framtid ville bilda med Hugo. Han för sin del valde att rikta in sig på kosmetisk kirurgi, i en ambition att kunna vidareutveckla denna specialitet på en privat klinik i Palma. Efter alla år av intensiva studier var det för honom som en dröm att få återvända till Mallorca och där börja ett nytt liv med Leonor.

De bosatte sig i huset som Hugo hade ärvt nära Esporlas, en charmig bergsby nära Palma. Det var perfekt för en ung familj som vill bo tillräckligt nära sitt jobb, utan att behöva avstå från den frid som landsbygden ger. Efter två år, precis som planerat, föddes deras dotter Emma, som följde av Tom – båda lika smarta och disciplinerade som sina föräldrar.

FELIPE - 16 JANUARI 2021

Felipe hade hyrt ett hus där han hoppades kunna koppla av och finna det lugn han så väl behövde. Hugos meddelande nådde honom just som han var på väg mot stigen, som ledde till Deiá. Lite irriterad av ljudet från mobilen hade det fått honom att stanna till och det var då, lutad mot en av terrasserna, som han såg ett vagnshjul. Det var identiskt med det som funnits i det övergivna stenhuset, där de hade brukat träffas som unga, och som de använt för att hänga upp sina jackor på. Han skulle ha kunnat svära på att det var samma, men när han kom närmare fanns där inte initialerna som de en gång ristat in på sidan av hjulet. Fast, på den plats där han kom ihåg att de funnits såg han nu tydligt att det saknades en träbit. Förmodligen hade den flisats av under åren eller också hade han helt enkelt tagit fel. Kanske alla vagnshjul var lika.

Han tyckte att han borde sluta tänka på sådana tillfälligheter, men det fick honom ändå att känna sig lite rastlös. Så öppnade han app:en, läste Hugos hälsning och textade ett snabbt svar för att försäkra honom om att allt var bra. Sen lade han tillbaka telefonen i byxfickan, fast besluten att fortsätta njuta av sin promenad och landskapet. Felipe och Hugo hade under alla år fortsatt att kommunicera. De värderade sin vänskap högt och höll kontakt genom regelbundna telefonsamtal och träffades ibland över ett glas öl.

Sen en tid tillbaka hade Hugo skrivit till honom varje lördag klockan 12:00, frågat hur det var med honom och berättat att han själv mådde bra. Felipe hade först tyckt att det var lite eget med en sådan strikt regelbundenhet och ännu mer så när det hände att hälsningarna kom samma vecka som då de hade talats vid i telefon. Men han hade vant sig vid det och det skulle ha känts konstigt att inte få hans meddelanden. Han tänkte att Hugos ritual nog var ett uttryck för hans inrutade läkartillvaro, som för Felipe verkade innebära en massa ansvar och ett evigt pusslande med scheman.

Ibland utnyttjade Felipe dessa meddelanden för att ta upp ett annat ämne och berätta något nytt för Hugo. Andra gånger, som idag, begränsade han sig till ett kortfattat svar och förväntade sig bara ett "OK" i retur. Han hörde när app:en gav ifrån sig ett ljud som bekräftade att Hugos mobil hade tagit emot hans svar och han antog att det var hans väns vanliga "OK", som en respons på hans eget korta svar.

MARCOS - MARTAS FÖRSTE POJKVÄN

Marcos kom från Galicien men när han fyllt 14 år så hade han skickats till Madrid, i sällskap med sin gudfar. Hans föräldrar hade då inte längre vetat hur de skulle handskas med honom där hemma och tanken var att flytten till huvudstaden skulle ge honom lite perspektiv på tillvaron.

Marta hade varit hans första riktiga flickvän och den tjej som han hade förlorat sin oskuld till. När han lämnade henne var det första gången som han hade sett en kvinna gråta. Efter sitt uppbrott från Marta och efter att ha lämnat skolan, jobbet och alla möjligheter att i Madrid ta sig fram på egen hand, återvände han till hemmet i Galicien. Hans far gick med på att låta honom bo där, i utbyte mot att han hjälpte till i familjens restaurang i Sanxenxo. Det var en vacker plats vid den galiciska kusten intill den svala Atlanten där under långa sommarveckor landskapet förändrades. Det var då man tog emot mängder av besökare från Madrid, som älskade havet och segling.

Sanxenxos gator och restauranger fylldes av människor på flykt undan en kvävande hetta och som, till ett rimligt pris, sökte lugn och ro i utbyte mot ett hektiskt liv på kontor och i bilköer. Vid de galiciska flodmynningarna erbjöds besökarna möjligheten att borda en båt och äta de bästa skaldjuren utan att behöva tömma plånboken. För pojkar, som Marcos, bjöd dessa sommarveckor också möjligheter att träffa tjejer som var uttråkade efter att ha släpats med från storstaden till en plats med extremt lite action och där det tog år innan man kunde se några märkbara förändringar. Restaurangen hade funnits i Marcos familj i flera generationer. Hans far var en hårt arbetande man som var tacksam och stolt över sitt företag. Han höll öppet året runt, inte bara under semestersäsongen, och restaurangen hade full service med allt från morgonkaffe till en sista drink efter stängningstid.

Under somrar och helger, särskilt vid vackert väder, fick Sanxenxos besök av många kvinnor. Marcos slösade inte bort sin tid och hade kunnat bekräfta talesättet, att det är lättare att vara en bra fiskare på platser där det inte är så många andra som fiskar. Han var vare sig en "don Juan" eller överdrivet stilig. Hans attraktionskraft låg i en kombination av godmodighet, som sades vara så utmärkande för människorna i landets norra delar, och en slags busighet. Man verkade tycka att Marcos rackartyg gjorde det lättare att fördra alla vardagssysslor och de ofog han ställde till med togs ofta emot välvilligt.

Sedan han återvänt hem till Galicien hade han haft en första sexuell relation med en kvinna på 30-nån'ting, utan särskilt många hämningar. Hon hade varit en mycket driven lärarinna som öppnat upp hans sinne till en helt ny värld av tillfredsställelse och i den världen hade han för avsikt att stanna så länge omständigheterna tillät. Med samma rytm som följde skaldjurssäsongerna kom nya besökare. Många av de unga semesterfirarna bytte ivrigt ut sommartristessen mot ett riktigt lokalt äventyr och Marco hoppade från säng till säng. Efter ett tag fick han titeln yachtskeppare. Det öppnade än fler möjligheter då många kvinnor villigt ryckte in som sjömanslärlingar. Det skedde mest samma helger som deras män arbetade och under förespegling att det rejält skulle höja semesterkomforten ombord på familjebåten.

På så vis fortsatte Marcos att navigera sina dagar och sen, nästan utan att han fattat hur, hade mer än två decennier förflutit. Alla är inte gjorda för relationer som innebär ett visst mått av engagemang och uppoffring på bekostnad av en tillvaro med en känsla av att vara fri och obunden, särskilt om de mest primära behoven ändå blir väl tillgodosedda.

Somligt kännas inte av förrän det har vuxit ut tillräckligt med grått hår. Det är inte ovanligt att det är först när lederna regelbundet börjar knarra och baksmällan varar i minst tre dagar som panik inför en framtida ensamhet börjar höra av sig. När det händer finns de som kan tycka att det är oroande att som partner välja någon som i femtioårsåldern, aldrig tidigare varit gift eller bara haft kortvariga förbindelser eller något enstaka seriöst förhållande. Har man tillräckligt med emotionell intelligens kan man acceptera hur det blev, se värden i det liv som har levts och att det, när det pågick, kan ha varit det bästa möjliga personliga valet just då. Känns det oroande eller orimligt så finns ju alltid möjligheten att adoptera ett husdjur. Utan att ställa obekväma frågor eller komma med fruktlösa förebråelser kan ett husdjur brygga över ensamheten där hemma. För det andra kan finnas vänner som ställer upp.

Hans far dog till följd av de komplikationer som tillstötte efter en egentligen helt okomplicerad, riskfri åderbråcksoperation. Hos Marcos väckte det en pyrande känsla av otillfredsställelse och tankar som sa att mycket av hans liv varit helt förspillt. Hans mor var bruten inuti och skadad på utsidan, men hon utstrålande mer kärlek än han någonsin hade kunnat föreställa sig. Trots hennes djupa sorg kände han sig avundsjuk. Det är tydligt att endast något riktigt stort, som är verkligt sublimt, kan orsaka så mycket smärta när det går förlorat. Genom sin mor kom Marcos att uppfatta vad ett liv med en annan människa kunde betyda, värdet av att ha en axel att luta sig mot, bundenhet och alla förpliktelser till trots

NYHETER 1 - 20 JANUARI 2021

Den 20 januari, kvällen före det årliga San Sebastián-firandet, kunde Mallorcas morgontidningar upplysa eftersläntrare och mindre informerade att man i Palma, på grund av pandemin, ställt in paraderna och andra sedvanliga skyddshelgonfestligheter. I tidningarna fanns också debattartiklar om politisk misskötsel och så alla oroande rapporter om situationen med överfulla sjukhus på grund av en tredje våg av covid-19 och att det blev allt omöjligare för krögare och andra entreprenörer, att fortsatt hålla sina verksamheter flytande.

Under ett avsnitt om aktuella händelser framgick att en kvinna hade hittats död i en övergiven byggnad nära Playa de Palma. Det var några cyklister som gjort den fruktansvärda upptäckten när de hade stannat till för ett mellanmål. Allt var under utredning och ingen ytterligare information var känd, men med eftermiddagens nätpublikation lyftes nyheten till första sidan. Det hade då blivit känt att kvinnan verkat ha varit klädd på ett ovanligt sätt. Huvudet hade varit krönt av ett färgglatt diadem och det fanns tydliga tecken på att hennes kropp utsatts för våld. På en av stenmurarna hade någon lämnat ett märkligt budskap i form av ett stort "V", skrivet i blod. Polisen utredde ärendet.

MARTA - 16 JANUARI 2021

Från spellistan hördes början av låten "Still Loving You" när Marta tog sig an den mystiska lådan, som hon kvällen innan hade hittat utanför sin dörr. Hon lossade på snöret, flyttade kortet åt sidan och lyfte bort locket. Där under låg olika gamla föremål, packade i påsar och omsorgsfullt inslagna i vitt silkespapper.

Marta slutade lyssna till läten av skorpioner och alla andra ljud runtomkring, som verkade ha börjat ge ifrån sig ett konstant pip från någon obestämd plats utanför hennes kropp. De där föremålen hade sänt som kalla kårar längs med hennes rygg, särskilt när hon hade öppnat den av påsarna som innehöll en träbit tillsammans med ett papper som var nerfläckat av torkat blod. Hon tryckte handen hårt mot lådan och satt där en stund, orörlig, medan hon försökte få kontroll och tänka logiskt.

Hon stänkte kallt vatten i ansiktet och gjorde sig en kopp väldigt varmt té, men blev sen stående i köket med en vilsen blick och visste inte riktigt vad hon skulle göra. Hon ansåg sig vara en klartänkt och beslutsam person och hon förstod inte varför hon kände sig så störd över innehållet i den där lådan. Det var inte bara det blodiga papperet som hade gjort att det kändes så olustigt. Det var något annat, något djupare som hon inte kunde sätta fingret på. Så kom Marta ihåg att hon, i sin iver att se vad som fanns i lådan, inte hade läst texten på kortet.

Marta försökte undvika att titta på själva lådan när hon tog upp kortet för att få reda på vem som kunde ha skickat henne något sådant ... Där stod stämplat orden "La Caja de los Abrazos", Lådan med kramar och samma ord vilka angavs som avsändare på paketets framsida. På baksidan, textat med samma sorts guldpenna som ofta användes för att skriva i fotoalbum, stod det: "Minnen från vårt liv, kramar från den som aldrig glömde dig."

HUGO OCH LEONOR

Emma och Tom växte upp omgivna av sina föräldrars kärlek och Floras, en ecuadoriansk kvinna som verkade kunna allt. Med ett ständigt gott humör hjälpte hon familjen med det mesta, stort som smått. När Hugo och Leonor jobbade tog hon hand om bebisarna. När barnen sen började på dagis och senare i skolan tog hon hand om maten, passade huset, gick för att leta reda på ungarna och förbereda mellanmålet. Det blev ett perfekt organiserat hushåll och för dem alla kändes det som om allt löpte på i en i det närmaste helt oövervinnerlig harmoni.

Hugo hade lyckats skapa sig ett namn som en av Mallorcas bästa kosmetiska kirurger, medan Leonor hade blivit den dermatolog till vilken lejonparten av öns patienter med svåra hudproblem remitterades. Trots långa arbetsdagar hade de lyckats hitta en balans mellan sitt yrkesliv och tiden de behövde för att kunna få njuta av varandra och den familj de skapat. Till det bidrog förstås bådas personlighet.

Leonors intellekt, tillsammans med hennes envishet och praktiska livssyn, gjorde henne till en kvinna som det var lätt att leva med. Hon kom från en läkarfamilj i Cuenca och hade fått en solid och suveränt bred social plattform. Hon hade inga syskon, men hade vuxit upp i ett stort hus fullt av kusiner och omgiven av grannar i alla åldrar. Leonors föräldrar hade vetat hur man klokt kan kombinera disciplin och kärlek. Hugo å sin sida strävade efter lugn och ro och försökte till nästan varje pris att undvika konfrontation. Precis lagom tillgiven och lite troskyldig hade han blivit såväl en hängiven pappa som en engagerad och uppmärksam make. Hans snälla och livliga karaktär, liksom hans blå ögon, erövrade Leonor varje dag.

Lite hade sagts om Hugos familj. Han själv kommenterade den aldrig och det respekterade Leonor. Hon visste alltså inte mycket utom att han hade en syster, som han hade tappat kontakten med när han lämnat Mallorca för att studera i Madrid. Hans föräldrar hade dött kort dessförinnan. De hade kommit från Rennes, en vacker medeltida stad i nordvästra Frankrike och huvudstad i franska Bretagne, och strax efter att de gift sig hade de bosatt sig på Mallorca. Där hade de startat en bageriverksamhet med café, som med tiden blivit en stor franchise-rörelse med förgreningar i hela Europa.

De fastigheter och överskottet från bageriverksamheten som Hugo hade ärvt gav dem en värdefull ekonomisk bas, tillsammans med det ovillkorliga stöd som de hade från Leonors föräldrar. De fortsatte att bo i Cuenca, men de kom ofta till Mallorca för att träffa sin dotter, svärson och barnbarn, vilket gav en trygghet som sträckte sig utöver deras lilla kärnfamilj.

De hade också en mängd bekanta där de bodde i Esporlas och några av dem hade blivit nära vänner med barn i ungefär samma ålder som träffades i skolan och lekte på fritiden. Familjerna åt fredagsmiddag tillsammans och på söndagarna, om det var fint väder, åkte de ut på landet för picknic.

FLORA

Flora kom från Guayaquil, en stad vid Ecuadors kust. Mamman hade uppfostrat Flora och hennes två systrar för att de, liksom hon, skulle bli starka och kämpande kvinnor. Under uppväxten bodde de i hus av alla de slag men där fanns mycket kärlek. Trots ekonomiska svårigheter, alla uppoffringar och brist på bekvämligheter var flickornas barndom full av värme.

Deras första hem, med pappväggar och jordgolv, låg i ett mycket fattigt område som var en farlig del av Guayaquil. Det andra, tillverkat av träplankor och halm, låg på en bättre plats. Byten av kvarter och bostäder avlöste så varandra tills de fick ett ordentligt hus, med stenmur runtom, cementbeläggning och trevliga grannar att umgås med. Det här visade dem på vikten av hårt arbete och att aldrig ge upp. Flora såg hur det dag för dag, tillsammans med lite tur, kunde bana väg för ständiga förbättringar. Om hennes mamma hade lyckats så skulle hon klara av att kämpa lika hårt.

En dag fick hon ett erbjudande att pröva lyckan i Spanien. Som

35-årig tvåbarnsmor hade hon redan haft ett antal olika jobb och det lät som ett nytt äventyr så Flora tvekade inte att både dölja sin rädsla och att be att hennes små barn skulle få stanna kvar hos hennes syster. Det var priset som hon var beredd att betala för att ekonomiskt kunna hjälpa dem som stannade kvar hemma i Guayaquil och att göra det möjligt för hennes barn att få utbildning och en bättre framtid.

Hennes storasyster, som alltid hade varit omhändertagande och en stor glädjespridare, lovade att ta hand om barnen. Flora fick låna biljettpengar av släktingar och nära vänner och de hjälpte henne att packa de pengar som man kanske skulle fråga efter vid inresan till Spanien. De behövde säkras upp så att hon inte omedelbart redan på flygplatsen riskerade att bli avvisad och tillbakaskickad till Ecuador. Hon skulle kunna avkrävas att redovisa 2 500 dollar och egentligen hade Flora fått med sig klart mindre, men pengarna var noggrant förpackade så att de dollar som fanns ytterst i sedelbuntarna var de med högst valör och dolde sedlarna av lägre valör. Pengapaketet som hon fått med sig såg därför ut att vara värt avsevärt mycket mer än vad som faktiskt var fallet.

Flora hade också med sig ett två-veckors turistvisum, undertecknat några dagar före avresan av ett fiktivt företag. För att säkra hennes inresa till Spanien hade hon därifrån också fått ett intyg som visade på hennes ekonomiska betalningsförmåga och dessutom hade hon arbetsintyg med goda vitsord från sina tidigare arbetsgivare. Avgiften på femhundra dollar, som företaget hade avkrävt henne innan avresan, inkluderade visum och intyg samt, vid framkomsten till Palma, en säng och helpension i en delad lägenhet under en månad, ett framtida jobb på ett hotell och annan information som hon skulle behöva för att klara sig bra på Mallorca. Rekommendationen att hon skulle söka sig till just Mallorca berodde på att det där fanns gott om jobb. Ön var ett resmål för många semesterfirare och, för att täcka de mest varierande tjänster, hade man därför nästan alltid behov av personal. För Mallorca talade också, förutom att man där pratade hennes språk, att ön omgavs av ett hav.

Efter instruktionerna, som hon hade följt till punkt och pricka, hade hon klätt sig i byxor, jacka och loafers med liten klack, resväska som vägde 23 kilo och ett handbagage. Därmed hade hon känt sig redo att borda sitt livs första flygplan. Flygresan hade varit evighetslång men Flora hade inte fått en blund i ögonen och vid ankomsten till Madrid kändes allt hotfullt. I ögonvrån tyckte hon sig se att alla tittade misstänksamt på henne, både vakter, poliser och andra. Hon fick svårt att dölja den oro och rastlöshet som gripit tag i henne, men som rekommenderats följde hon efter passagerare som verkade vara vana resenärer och hon frågade dem om flyget till Palma. Där skulle en kontaktperson vänta på henne, en kvinna klädd i jeans och en vit skjorta med en röd ros i knapphålet.

Väl framme i Palma satte hon sig på en av de obekväma stolarna i ankomsthallen. Hon var väldigt kissnödig men vågade inte flytta på sig, så där blev hon sittandes – i fyra timmar, innan en kvinna kom fram till henne. Hon var klädd i jeans, röd skjorta och med en vit ros som brosch, men identifierade sig och svarade att - Nej, hon kunde inte gå på toaletten, det var för farligt med för många poliser där, och - Nej, de skulle inte åka buss till stan utan ta en taxi, som Flora skulle betala för. Det var tydligt att inte allt stämde av det som hon fått sig berättat av företaget hemma i Ecuador.

Vid ankomsten till den gemensamma lägenheten, där hon skulle bo under kommande veckor, fick hon en känsla av overklighet. Efter att ha ställt ifrån sig sin resväska, vid ena väggen i rummet där andra redan lämnat sitt bagage, kunde hon äntligen gå på toa. När hon kom ut möttes hon av kvinnan som hade hämtat henne på flygplatsen. Hon öppnade en flaska champagne och alla närvarande, ett tiotal kvinnor, skålade för nytillskottet. Sen var det dags för middag och den kvällen åt Flora lax för första gången i sitt liv. Det var en smak vilken blandades med en bitterljuv känsla, som rann genom kroppen då hon fick reda på att det var hon som skulle betala för både det mousserande vinet och laxen. Menyerna som serverades under följande dagar visade sig inte ha något med välkomstfesten att göra.

Så fort tallrikarna var bortplockade började man att rensa middagsbordet och Flora fattade snart varför. Strax efteråt, under samma bord, rullades nämligen ut en madrass där ett par av kvinnorna skulle sova. Den kvällen tog Flora ingen dusch av rädsla för att hennes tillhörigheter skulle bli stulna om hon inte höll koll på sitt bagage. I rummet fanns på golvet fem madrasser, varav en under den kommande veckan skulle fungera som hennes säng. Deras sovplatser byttes sen med några dagars mellanrum, liksom schemat för kökstjänst och i vilken ordning man fick använda badrummet.

Det hade gått mer än två dygn utan sömn och av ren utmattning sov nu Flora i tio timmar – i samma skjorta som hon haft på sig under resan och som nödtorftigt täckte väskan med pengarna som hon bar runt magen. Det var alla pengar hon hade och hon skulle behöva betala tillbaka det hon lånat från vänner och släktingar, men hennes kassa hade redan krympt eftersom hon blivit tvungen att stå för både taxi och välkomstmiddag. Flora väcktes av kaffedoft tillsammans med en egendomlig känsla, som kan komma sig av att man vaknar på en okänd plats. Gårdagen hade gjort henne helt säker på att hotellet där hon skulle börja jobba inte fanns, men hon fick en vägbeskrivning till närmsta kiosk där hon kunde köpa "Trueque", en veckotidning som hade annonser med erbjudandena om lediga jobb. Instruktionen var att hon sen omedelbart skulle återvända till lägenheten, så att ingen i uniform skulle komma åt att arrestera henne och få henne utvisad.

Det hade gått nästan fyra veckor och Flora kände sig närmast som bedövad av rädsla, sorg och hemlängtan, ensamhet, fruktlöst jobbsökande, liksom av den ransonerade och enahanda maten. Hon gick till en telefonbutik för att därifrån kontakta familjen i Ecuador och berätta att hon måste återvända hem. Returbiljetten till Ecuador löpte ut om två dagar och allt hon hade kvar var 30 euro. Det skulle inte räcka långt. Floras missmod och känsla av hopplöshet syntes lång väg, men hon såg också snäll och vänlig ut. Hennes belägenhet uppmärksammades av en colombiansk kvinna som höll i gång en ivrig mejl-växling med en person som brukade besöka bland annat den här telefonaffären. Kvinnan kom sen fram till Flora och efter några minuter hade hon ett kort i sin hand med adressen till en lägenhet som låg bara några kvarter bort.

Flora grep tag i detta halmstrå, som var hennes sista chans innan hon skulle behöva ge upp och resa tillbaka hem. Kanske att lyckan stod henne bi och att hon äntligen skulle bli bönhörd. Att behöva återvända till Ecuador skulle vara ett misslyckande, om än kanske mer för de andra än för henne. De visste att hon skulle behöva några dagar för att slicka sina sår, men att hon sen skulle fortsätta kämpa. Ibland blinkar livet åt dem som kanske förtjänar det mest.

Våningen dit hon blivit hänvisad visade sig vara en slags arbetsförmedling för hushållsnära tjänster. En av hennes sista anställningar i Ecuador hade varit som revisor och i ett annat sammanhang skulle hennes utbildning och mångsidiga erfarenhet ha gjort det möjligt för henne att välja ett bättre jobb. Flora var alltså klart överkvalificerad för ett arbete som hushållerska, men hon insåg att den här möjligheten kunde vara hennes enda chans att stanna kvar i Spanien och så kunna betala av sin skuld, försörja sig själv och hjälpa sin familj.

Ett rekommendationsbrev, tillsammans med hennes breda kompetens och ett nyligen återvunnet självförtroende, skulle kunna säkra henne en första anställning. Om hon inom max. en halvtimme infann sig för en intervju på ett kontor beläget i El Arenal skulle hon, med lite tur, kunna få ett jobb som barnskötare. För att hinna i tid använde hon sina sista slantar för en taxiresa och hade tur. Föraren stoppade mätaren när den visade på 30 euro och sen väntade han för att försäkra sig om att Flora kommit rätt och inte skulle hamna i fel händer. För henne var det här tecken på att allt från och med då skulle bli bättre.

Sedan hon arbetat som barnskötare i sju månader bestämde familjen som hade anställt henne, att de skulle flytta till Frankrike. Den sista dagen som Flora var ledig, innan familjens avresa, spelade återigen ödet in. Vännen som hon hade stämt träff med sa åt henne att hoppa in i en skåpbil. Den kördes av en man och där satt det redan tre andra kvinnor. De skulle plocka apelsiner på en gård i Puigpunyent, en vacker och pittoresk stad som ligger inte långt från Palma. När hon frågade frun i huset om ett glas vatten började de språkas vid och det var det samtalet som förde henne vidare till anställningen hemma hos Hugo och Leonor – föräldrarna till två små barn i ett hus där hon skulle få ett tryggt jobb, värme i ett främmande hem som hon med tiden skulle göra till sitt eget, och få möjligheten att bli spansk medborgare. Hon skulle aldrig någonsin mer behöva bekymra sig för vart hon kunde eller inte kunde flytta.

ALBA - BARNDOM

Hon hade nog egentligen aldrig velat bli en prinsessa, för Alba kände att hon inte förtjänade det. Ända sedan hon var riktigt liten hade hon vetat att hon inte hade kommit till världen för att spela någon framträdande roll. Det viktiga var att hon kunde hitta en plats där bristen på ljus skulle ge henne osynlighetens skydd. Hos en nyfödd finns en enorm kunskapstörst med en fantastisk potential att lära och barnets första upplevelser i livet kan lämna spår som kan vara svåra att sudda ut. Ett barns varseblivning är som ett framväxande universum och om där uppstår svarta hål finns risken att de med tiden kan komma att sluka resten.

I skolan var lilla Alba en duktig elev, flitig, extremt lydig men väldigt reserverad. Hemma tillbringade hon mycket tid ensam där hon i sitt rum lekte med sina dockor och i köket byggde hon städer med klossar. Hugo var en god storebror. Han fanns där hela tiden och både retades och tog hand om sin lillasyster, men åldersskillnaden var tillräckligt stor för att båda skulle känna sig ensamma och inte riktigt sedda. De lutade sig mot varandra så gott det gick men det var som om en person skulle klättra på två stegar samtidigt – det var en omöjlighet att hitta en bra balans.

Deras vårdnadshavare var den sorten som verkar bli föräldrar mest av en tillfällighet. De kom båda från välbärgade familjer i Rennes, hade träffats i skolan och delat en stökig tonårstid men vars konsekvenser inte verkade ha påverkat dem. När de sen gift sig kom de att bosätta sig på Mallorca vilket de beslutat sig för efter en drömsemester på ön. De startade där, med ekonomiskt stöd från sina familjer, en bageriverksamhet med recept som så småningom slog an, inte bara på Mallorca utan i hela Europa.

De rönte stor framgång och blev omtalade som söta, både som bagare och som par. Ungarna kom oplanerade och uppfostrades på samma sätt. I huset fanns mycket kärlek, men inte för barnen som mest verkade vara till besvär och helst bara skulle finnas, utan att göra så mycket väsen av sig. Man tyckte att de verkade ha allt som de kunde tänkas behöva eller önska och deras föräldrar såg inga problem med att lämna dem ensamma hemma, inte ens som mycket små. De anlitade inte heller någon barnflicka. I stället fick de en hund och en katt. Hugo och Alba växte upp med dem och med varandra, i ett hus som inte var ett riktigt hem, och de hade fått ett omöjligt ansvar att axla.

Deras hund Linda brukade besöka ett av grannhusen och fick som ett resultat fem valpar. Det var när de hade fötts som Hugo och Alba träffade Felipe och Marta. Med varsin hund i sällskap hade Hugo och

Alba gått för att köpa godis, efter att först ha ägnat en halvtimme åt att bestämma vilka av valparna de skulle ta med på promenad. Samtidigt hade Marta följt med Felipe för att köpa papper till hennes mamma, medan hon förberedde deras mellanmål. Det slutade med att de fyra barnen lekte framför Felipes hus och delade korvmackor med de två lyckliga valparna. Så inleddes en vänskap, där vars och ens ålder var det som kändes minst viktigt.

ALBA - 1987

När Victoria flyttade till Madrid, där hennes pappa fått ett nytt jobb, var det nästan bokstavligen som att Albas värld smulades sönder. Alba var då 13 år, 4 månader och 15 dagar gammal, varav hon hade känt sig nästan nöjd i drygt fyra år. Det var den perioden som hon delat tillsammans med Victoria, hand i hand med Felipe och Hugo, ofta i ett ödehus. Det gamla stenhuset hade alltid känts som en bättre plats än det överdådiga hus där hon och Hugo bodde, fullt av meningslösa saker och så tomt på tillgivenhet.

Alba gillade verkligen Victoria. Hon tyckte om att umgås med henne, att höra henne dela med sig av sina hemligheter, att Victoria lärde henne det som ingen annan lärde henne, att hon respekterade Alba och skämtade med henne, att hon gav henne uppmärksamhet. Det som till en början hade varit en djup beundran, och en kanske ojämlik vänskap, hade under det senaste året förvandlats till kärlek. Att den bara var Albas hemlighet gjorde den inte svagare eller mindre viktig. Första kärleken är ofta oerhört intensiv. Den kan dyka upp oväntat från ingenstans och oåterkalleligt gripa tag i oss, utan att vi har några strategier eller verktyg för att förstå eller klokt kunna hantera den. När du är flicka och det är din bästa vän som är föremål för din kärlek, kan en förlust och att inte ha kunnat visa dina sanna känslor bli mycket smärtsam, och än mer så om det visar sig att din vän gillar pojkar.

När Victoria flyttade till Madrid började de att brevväxla och Alba tänkte många gånger att hon skulle avslöja hur hon kände. Fast, nu var det namnet Marta som stod på kuverten och Alba visste att det inte bara var det, och vad de skrev om, som hade förändrats. I stället blev det så att det var i sin dagbok som Alba skrev till Victoria. I de breven fyllde hon på med alla de ord som hon skulle ha sagt till Victoria, om hon hade vågat och om allt hade varit annorlunda. Nu blev det så att hon föreställde sig att de levde tillsammans i en parallell värld där hennes kärlek var besvarad. Alba behövde inte längre hålla i gång den vanliga korrespondensen och hon slutade att skriva brev till Madrid. Hon föredrog att leva i den där bubblan som hon hade skapat, snarare än att fortsätta ödsla energi i den andra, kärlekslösa världen.

Hon var van vid att leva i flera olika världar samtidigt. Det hade hon gjort redan som liten och Alba kunde, sömlöst och utan ansträngning, växla mellan flera olika roller. Det skedde helt perfekt, utan att någon anade något konstigt, och faktum var att varje roll var verklig. För Alba var det självklart att olika omständigheter krävde olika delar av henne. Det handlade om olika egenskaper och att hon helt enkelt skulle bete sig så som situationen krävde. Som barn var hon därför för sina föräldrar en lydig och flitig flicka. De uppskattade att hon rörde sig nästan obemärkt och sällan gav upphov till några problem. För sina klasskamrater var hon något av en ensamvarg, lite nördig och tillbakadragen, även om hon ibland fick vredesutbrott som ingen lärare riktigt kunde hantera. Att man inte uppmärksammade henne särskilt mycket eller frågade efter hennes åsikter var mer än tillräckligt och för hennes goda vänner var hon framför allt en rolig, vänlig och kvick tjej, en mycket lojal och god vän. För sin bror Hugo var Alba mest av allt ett mysterium.

ALBA - UNGDOMSÅR

Kärlek kan ta sig många uttryck, lika många som man kan finna då man reflekterar över sina medmänniskor. För Alba hade ömhetsbetygelser varit en fruktansvärd bristvara under hennes barndom. Som vuxen ägde hon förmågan att på många olika sätt visa en enorm tillgivenhet, men hon var väldigt vilsen i vad hon ville med sina bekantskaper. Allt sedan de första pojkvännerna hade hon älskat med all sin kraft, nästan desperat, men var och en av dessa relationer hade runnit ut i sanden. Albas tonårstid var full av korta, misslyckade förbindelser med tårar som svämmade över, ljuva stunder omväxlande med smärta.

Till slut hade hon i sitt hjärta accepterat att det var så här det skulle vara, att det var på det här sättet som livet skulle tillåta henne att älska. För att tillfredsställa sina behov blev hon med tiden expert på konsten att behaga och använda det hon hade till sitt förfogande för att attrahera. Kärleken sparade hon till sin dagbok, som hela tiden fick del av det språk, vilket berättade en historia som aldrig blev en del av det verkliga livet.

ALBA FYLLER 18 ÅR

Samma dag som Alba fyllde 18 hittades hennes föräldrar döda i en bil som hade störtat från en klippa nära Cala Pí. Det var ett märkligt och tragiskt sammanträffande att det hände just precis samma dag som hon blev självständig, myndig och därmed också officiellt placerad i den situation av ensamhet, som redan under flera år hade plågat henne.

Vid obduktionen av deras kroppar fann man i blodet spår av både alkohol och andra droger. Det förvånade inte någon som känt paret. De hade aldrig gjort någon hemlighet av sitt beroende eller brytt sig om dess möjliga konsekvenser. De levde och dog tillsammans, av och med sitt missbruk, men lämnade efter sig ett välmående företag och två barn som verkade ha kommit till av en slump.

Hugo ärvde några av deras fastigheter på Mallorca och hälften av det lönsamma bageriföretaget, vars anställda och ledningsorgan hade skött verksamheten perfekt utan större inblandning av ägarna.

Efter att snabbt ha sålt av några fastigheter nära kusten, som hade ökat i värde, köpte han strax därefter Albas återstående hälft av bageriföretaget. Den dagen, då de hos en notarie undertecknat transaktionen, hade känts obehaglig för både dem och för deras advokater. Det blev också syskonens sista kontakt och försök till ett närmande. De kände inte längre varandra och det fanns nu ingenting mer som förenade dem. Hugo återvände till Madrid för att fortsätta sina medicinstudier och planera för en framtid, som skulle tillhöra bara honom och Leonor.

Alba hade några veckor dessförinnan avslutat gymnasiet och påbörjade nu ett nytt liv med en, för någon i hennes ålder, ekonomiskt påtagligt gynnsam situation. Hon hade mer än tillräckligt med pengar på banken för att inte behöva oroa sig för någonting och bestämde sig för att ta ett mellanår då hon tänkte resa och fundera över hur hon skulle styra upp sitt liv. Hon njöt av en nyvunnen frihetskänsla, som för första gången gjorde det möjligt för henne att sprida ut sina vingar.

Hon köpte en rejäl världskarta och en renoverad takvåning i centrala Palma. Hon kunde inte snabbt nog lämna huset, som under så många år varit hennes så kallade hem, och gjorde sig också av med sina saker. Alba tog bara med sig sin dagbok, som redan då bestod av flera böcker, kartan där hon skulle markera kommande resvägar, och en gammal resväska. Det var i den som hon förvarade sina mest värdefulla ägodelar, de som förband henne med det enda som, för Alba, var viktigt att bära med sig från hennes tidigare liv.

För henne kändes Gamla stan i Palma nära och magisk med sina smala gator att gå vilse i och en historia som verkade ha motstått allt. Liksom hon själv så genomgick den en förnyelseprocess, då dess mest emblematiska byggnader höll på att moderniseras för att bättre anpassas till nya tiders behov och krav från en alltmer Europainfluerad allmänhet.

I de närliggande butikerna handlade hon sin nya garderob, utan att behöva titta på prislappen, och hon var sin egen guide när hon valde färger på sina kläder, som stod i markant kontrast till de neutrala toner hon valt för inredningen av sin lägenhet. Den övre terrassen var överfull av inhemska växter som inte krävde mycket skötsel. Den rymliga klädkammaren, i anslutning till våningens största rum, fylldes på några dagar med ett färgstarkt utbud av matchande kläder och skor, designerväskor och resväskor. Den gamla resväskan, tillsammans med hennes dyrbara dagböcker, placerades bredvid hennes säng, för att hon alltid skulle ha den till hands och snabbt kunna förflytta sig dit andan föll på.

ALBAS RESA

Det är lätt att stänga igen en våning. Till skillnad från ett hus, som vanligtvis kräver en del underhåll, har en lägenhet en ytterdörr som, när den är låst, håller allt där innanför nästan intakt.

Med en stor resväska, ett litet handbagage och en mindre väska gjorde sig Alba redo att åka till Palmas flygplats för att i första klass ta ett flyg till New York, via Madrid. Hon var klädd i en lätt, långärmad, glatt mönstrad klänning, ett halsband av odlade pärlor och kardborreskor. Hon var upprymd över att få komma i väg på äventyret som, för första gången, skulle ta henne utanför Europa och till andra sidan havet.

Valet av "the Big Apple" som en första destination berodde på den TV-serie som utspelade sig där och som vid otaliga tillfällen hade fungerat som ett sätt att fly, bort från hennes dagliga lidande. Hon fantiserade om att hon i varje gatuhörn skulle kunna träffa kända personer och att hon skulle behöva kämpa med en infödd New York-bo om en gul taxi, som skulle ta henne till Empire State Building.

Hon skulle bo på ett flott hotell bredvid "Central Park" och hon föreställde sig båten som, en dag då det inte var fullt av turister, skulle ta henne till "Frihetsgudinnan". Hon hade inte gjort upp några fasta planer i förväg, men hon hade massor av idéer om hur hennes vistelse skulle komma att utvecklas och de platser hon skulle besöka.

Taxibilen, som tog henne till flygplatsen för att lämna Mallorca och börja sitt äventyr, var svartmålad och beige, inpyrd av en intensiv tobakslukt. Fönstren stod lite öppna och taxin kördes av en vänlig man som pratade för mycket och ställde för många frågor. Alba log när taxichauffören gav henne råd om livet i allmänhet och tittade ner när han kom med obekväma uttalanden. Deodoranten, Wunderbaum, som hängde i backspegeln dinglade till när bilen accelererade, samtidigt som den, tillsammans med den starka lukten av cigarett, fick Alba att känna sig alltmer illamående och så fick allt prat föraren att missa avfarten till flygplatsen. Han bad om ursäkt, med otaliga ord och meningslösa fraser, men efter en U-sväng kom de upp på ett mötande körfält som ledde åt rätt håll och han hittade tillbaka.

När Alba höjde blicken och tittade ut genom fönstret såg hon till höger om sig det övergivna stenhuset där det låg bredvid den gamla kvarnen. Det var en trygg plats, som hon kände så väl sen barndomen. Hon märkte hur hennes kropp började slappna av, och så svimmade hon. När hon kom till sans låg hon på en bår, täckt av ett orange lakan. Bredvid stod den vänliga taxichauffören och en orolig läkare, men Alba visste inte riktigt var hon var eller vad som hade hänt. Efter att ha druckit lite vatten och upptäckt ambulansen och taxin som stod på vägrenen, återkom minnet av taxifärden och hon förstod att något oförutsett avbrutit hennes transfer till flygplatsen.

Hon kände sig både förvirrad och generad och önskade att hon hade valt jeans i stället för klänningen, som hade en alldeles för hög främre slits. Hon tog tag i klänningen och drog ner sidorna mellan benen som hon korsade, det ena över det andra, samtidigt som läkaren än en gång undersökte henne, mätte puls och blodtryck och ställde alla möjliga frågor för att få koll på hennes tillstånd.

När hon fått vårdpersonalens tillåtelse att återuppta sin resa, tackade Alba för hjälpen och försäkrade läkaren att hon fortsättningsvis skulle se till att få i sig en bättre frukost och att hon vid eventuella andra symtom skulle söka läkare. Sen klev hon tillbaka in i taxin. Då började tårarna rinna och hon kunde inte sluta gråta.

Hon bad taxichauffören att köra henne tillbaka till samma adress som där han hade hämtat henne. Han vände sig om, pratade oavbrutet och försökte på alla möjliga sätt få henne lugn, men Alba lyssnade inte längre på honom. Hon ville bara komma till sin lägenhet och låsa den, den här gången inifrån.

ALBAS DAGBOK

När Alba återvände till sin lägenhet, efter den misslyckade resan till ett New York som hon kände att det skulle dröja innan hon fick uppleva, föll hon ihop i soffan, kramade en av kuddarna och lät tårarna rinna; hon grät för att hon inte kommit i väg på sin resa, hon grät för att hon svimmat, hon grät för att hon var ensam och mycket annat, tills tårflödet torkade upp och hon, helt slut, somnade. När hon vaknade var det redan natt. Huvudvärken påminde henne om att hon behövde något att äta och dricka. Hon gick in i köket och hämtade en stor flaska persikojuice och hittade sitt akutkit för trista grådagar eller filmhelger. Där fanns fortfarande ett oöppnat paket med kex.

Hon hade inget flyt. Saker och ting fungerade inte som hon hade tänkt sig. Trots att det bara varit ett litet bakslag till följd av en dålig frukost och en slump, kändes det som en bekräftelse på att vissa saker inte var gjorda för henne, att ett vackert liv inte var menat för människor som hon ...

Hon slog upp boken, den dagbok som fanns till för hennes parallella liv, och började skriva:

"Vi har precis anlänt till New York, utmattade efter resan men väldigt glada över att vara här och att kunna fira vårt jubileum på denna underbara plats. Jag känner mig väldigt lyckligt lottad. Nu när jag är myndig är det mycket lättare. Här i USA är myndighetsåldern 21, men eftersom Victoria redan är 22 är det egentligen inget problem. Vi har i alla fall ändå inte tänkt gå ut på lokal, vilket vi redan gör ofta nog där hemma, utan ska gå på upptäcktsfärd och strosa genom denna otroliga stad som vi har drömt om så många gånger. Victoria har redan gått och lagt sig. Jag bad receptionisten att komma upp till vårt rum med hamburgare och Victoria slukade sina och alla pommes frites, inklusive mina, fast portionerna här är enorma! Men jag bryr mig inte. Jag var egentligen inte så hungrig och jag vet att Victoria älskar pommes frites. Jag insisterade på att hon skulle duscha efteråt, men hon slöt sina ögon och sen somnade hon på överkastet medan jag packade upp. Jag har täckt över henne och gett henne en god natt-kyss på pannan men var väldigt noga med att inte väcka henne. Hon är vacker när hon sover.

Hotellet som vi har valt är fantastiskt. Det har en enorm entré, stor som en jättelik bollhall, och på ömse sidor finns marmortrappor som leder upp till första våningen och jag kan tänka mig att hundra Hollywoodstjärnor samtidigt kan gå nerför de där två trapporna. Rummet är mycket rymligt, med stora fönster och utsikt över Central Park. Jag känner mig så uppspelt och glad att jag inte vet om jag kommer kunna somna. Klockan är bara tre på eftermiddagen. Den här gången är det lite knepigt att byta tidszon. Jag tror att jag ska läsa ett tag och försöka vila. En lång och spännande dag väntar oss i morgon."

MARCOS - 2020

Sedan hans far dött hade Marcos upptäckt att han längtade efter att ha en stadigvarande partner och han bestämde sig för att skapa en profil att lägga ut på olika sociala nätverk. Det var 2020 och det hade varit ett år utan särskilt många resenärer eller resor, varken till Sanxenxo eller i resten av Spanien. Faktum var att praktiskt taget hela världen stannat hemmavid, instängd och i den ditintills konstigaste livssituationen, särskilt för dem som inte hade erfarenhet av att själva ha tvingats genomlida något krig.

Marcos lättsamma prat tillsammans med hans naturliga charm och stora erfarenhet av kvinnor bidrog till att han med flertalet kvinnor, inte ens i början av sitt nätdejtande, märkte av några svårigheter att inleda ett samtal. Hans profiler blev välbesökta och hans samtalslistor mycket långa. Tidigare år hade Marcos träffat en mängd olika kvinnor, många gånger samtidigt. Nu letade han efter en singel kvinna för ett mer stabilt förhållande och Francis verkade vara det perfekta valet. Hon gav ett intryck av att kunna läsa hans tankar och väldigt väl förstå vad han gillade och hans hobbyer, som hon delade.

Ibland avslutade den ene den andres mening och de skrattade båda åt vart och ett av sina infall. Marcos hade aldrig tidigare mött någon som hon och det verkade otroligt att det kunde existera en kvinna med en sådan tvillingsjäl.

Efter det att de delat telefonnummer med varandra ersattes deras app-meddelanden av långa konversationer på Whatsapp. Dessa samtal kombinerades med videoträffar, alltid vid specifika tidpunkter då Francis, diskret sminkad och klädd i bekväma lätt suggestiva kläder, visade sitt vackraste leende samtidigt som hon flörtade med både ord och ögon.

I juni bekräftades romansen när Marcos äntligen kunde resa till Mallorca för att träffa Francis. Det kändes som om alla hans drömmar blivit verkliga och det fanns ingen tid att slösa bort. Efter att under ett par veckor ha huserat i några olika lägenheter i Magaluf – ett område som, för alla som någon gång tidigare varit där på besök, efter sommarens upplopp hade förvandlats till oigenkännlighet – flyttade han in hos Francis, i en liten och ganska rörig lägenhet som låg i utkanten av Palma.

Trots den svåra arbetsmarknaden i hela landet gjorde Marcos sätt och hans meriter att han lyckades få anställning som kapten ombord på ett nytt skepp. Det var en yacht som ägdes av en välmående affärsman vars företag höll på med online-spel, vilket med pandemin fått en exponentiell tillväxt.

MARCOS OCH ALBA 2020-2021

Marcos hade jobbat hårt hela sommaren. Ovanligt nog var Mallorca praktiskt taget tomt på vanliga turister men fullt av köpstarka människor som, i stället för att som vanligt tillbringa några dagar eller veckor på ön, hade bestämt sig för att bosätta sig där nästan permanent. Så var fallet med ägaren till "Blue Purple Sea", den yacht som Marcos nu var kapten på. Belgisk till födseln och sedan ett decennium bosatt i Amsterdam, hade ägaren i början av sommaren fått sin båt förd till Mallorca från södra Frankrike. Båtens före detta kapten – redan i pensionsåldern efter att länge ha jobbat ombord på fartyg med mycket oregelbunden arbetstid – hade tillsammans med sin familj återvänt till Storbritannien. Det var det som öppnat för Marcos att få detta för honom eftertraktade arbete.

Om Marcos chef minst sex månader om året befann sig i Nederländerna, så kunde han resten av tiden vistas var han ville och för yachtens ägare var det möjligt att arbeta var som helst i världen. Det hade han redan gjort i åratal och han valde ofta väldigt varierande resmål, några exotiska och andra i storstäder där han avslutade sina

73

affärer på någon fin restaurang eller en bra nattklubb. Detta pandemiår 2020, med all världens reserestriktioner, verkade ändå Mallorca vara den perfekta boplatsen. Så det var där som han, tillsammans med sin familj, slagit sig ner medan han njöt av havet och olika restauranger – typ den på Puerto Portals, en fashionabel plats som blivit känd för sin internationella karaktär. Mellan juli och början av november arbetade Marcos därför veckan runt och de flesta dagar sov han ombord på båten, som låg för ankar i någon skyddad vik. På så sätt var han i ständig beredskap och fanns hela tiden till sin chefs förfogande, för vad som helst han än dikterade.

Han försökte ta kontakt med Francis så ofta han kom åt att vara i den lilla kabinen på aktern, bredvid skeppets maskinrum, vattenskotrar och gummibåtar. De kommunicerade genom SMS, sporadiska telefonsamtal och med sena videosamtal. Dagarna när han kom tillbaka till Palma och kunde sova hemma hos Francis njöt de av en god middag, som hon då nästan alltid hade förberett med tända ljus och mer än en flaska vin. Att vara tillsammans med Francis var något extraordinärt, nästan magiskt. Hon hade inga begränsningar eller fördomar och ställde villigt upp på vad han än ville, med en extas som han aldrig tidigare hade upplevt.

Deras förhållande var fullständigt perfekt även om Francis inte tillät honom att prata under tiden som de hade sex och så var det där att hon alltid höll ögonen stängda, inte ville titta. Han antog att det var hennes sätt att kunna känna på det där speciella sättet.

LEONOR 2020

Hugos munskydd fick varje morgon en kyss av Leonor, innan hon gav sig i väg hemifrån. Med sina nymålade läppar lämnade hon ett subtilt märke på sidan av hans första ansiktsmask för dagen. Det var hennes sätt att visa sin tillgivenhet under de timmar som de skulle vara ifrån varandra.

Med pandemin var det slut på deras gemensamma luncher och spontana fikastunder när någon av deras patienter avbokat ett mottagningsbesök, eller vårdtrycket tillfälligt lättat. Pandemin hade fått dem båda att gå ner i arbetstid och de hade bestämt sig för att jobba fler timmar de dagar då de ändå var på arbetet. På så sätt hade de fått mer gemensam tid och kunde på eftermiddagarna till och med gå till snabbköpet tillsammans. Samtidigt hade deras i vanliga fall så sociala tillvaro försvunnit i ett nästan ingenting och under pandemin det var sällan några möten som de inte kunde klara av hemifrån.

Eftersom de båda var läkare påverkades de ändå inte på samma sätt som andra av den i mars beslutade instängningen, som kom att pågå i mer än två månader. De jobbade visserligen inte inom intensivvården eller på akutmottagning, men om de blev stoppade av polisen eller civilgardet behövde de bara visa sin läkarlegitimation och kunde därför utan större problem röra sig utanför hemmet.

Samtidigt hade deras arbetsbörda minskat avsevärt just därför att de inte var akutläkare och deras specialiteter inte var direkt involverade i covid-vården. Som nästan alla andra tillbringade de därför en stor del av dygnets timmar i sitt hem. Utanför hemmets fyra väggar fanns ingenting, och nästan ingen. Under dessa pandemiveckor med närmast total nedstängdhet blev livet något som kom att likna en skolgård, där man kan umgås i en sluten miljö men som samtidigt bär på faror, om man inte är försiktig.

Leonor var tillgänglig och kunde, när som helst på dygnet, nås för att svara på frågor per telefon eller via videosamtal. Antalet covid-19 relaterade fall med hudproblem ökade. Hon ägnade också många timmar åt att läsa medicinska och vetenskapliga artiklar, för att hålla sig uppdaterad om de senaste rönen kring diagnostik och behandling. När de hade möjlighet återupptog Hugo och hon sin vana att, hand i hand, promenera genom stan. Man kunde röra sig en viss sträcka per dag och det var något som även de mest lättjefulla medborgarna utnyttjade. Ibland mötte de grannar som frågade dem till råds och de svarade så gott de kunde, men mycket var oklart och osäkerheten stor, liksom mångas rädsla. Alla restriktioner fick en del människor att till och med tveka om de skulle våga gå ut med sitt skräp.

Sommaren kom som en frisk fläkt, fri från munskyddens filter. Terrasser på barer och restauranger fylldes av människor som var svältfödda på lite sällskap, sol och frisk luft. Efter alla dessa säregna pandemi-månader fanns där få turister och på stränderna trängdes nu ovanligt många lokalbor och andra som under pandemin slagit sig ner på ön. Inte minst Mallorcas företagare var glada för att på nytt kunna få öppna sina dörrar för besökare.

Under hösten sjönk så temperaturen och då, dag för dag, ökade ånyo antalet infektioner liksom myndigheternas beslut om olika restriktioner. De åt inte längre middag med sina vänner på fredagar och såg knappt till dem ens på helgerna. Hugo hade åter fullbokade dagar, men nu med en oändlig kö av patienter som återvänt och bokat tid även för mindre akuta besvär.

DEL 2

MARCOS - NOVEMBER 2020

I början av november skulle familjen som ägde "Blue Purple Sea" återvända till Nederländerna. Marcos kände sig helt euforisk när han tänkte på att snart få återse Francis och att de mer stadigvarande skulle få bo tillsammans. Han ville överraska henne och hade därför inte meddelat exakt datum för sin återkomst, men föreställde sig att han skulle öppna dörren, fånga in henne i en hård kram och ta med henne till sovrummet. Där skulle de bli kvar i timmar, tills de blev hungriga på något att äta. Hon skulle laga middag och sen skulle de göra upp planer för nästa dag. De gillade båda vattensporter, så han tänkte föreslå att de skulle hyra en vattenskoter och åka runt sydkusten. Eller ta en cykeltur, en annan hobby som de delade. Eller ta en långpromenad till katedralen och stanna till för frukost på café Portixol, som hon tyckte så mycket om. Men, när han kom fram var inte Francis där och egentligen var ingenting som han kom ihåg det.

I lägenheten var oordningen total. I en enda röra låg där fullt av kläder, väskor, kartonger, skor och handspritflaskor. Redan från entrén kunde han se att något inte stod rätt till. Köket var sjaskigt, med smutsiga glas och tallrikar som balanserade farligt ovanpå kladdiga kastruller och stekpannor. Sopsäckar stod lite varstans på golvet och där fanns öppna matburkar, som hade börjat stinka.

Utan att gå vidare i lägenheten tog Marcos fram sin telefon ur byxfickan för att ringa till Francis, men en röst från telefonbolaget meddelade att mobilen som han hade ringt till var avstängd eller ur funktion. Han slog numret ett par gånger till, men fick samma svar och gick då in i Whatsapp för att pröva den kontaktvägen, men kom då ihåg att Francis för några månader sedan hade inaktiverat det kontot. Han klickade på "Hitta mina vänner" för att åtminstone veta var de varit när de senast haft kontakt, men app:en kunde inte hitta något och han kände sig förvirrad och vilsen.

Han insåg att han inte hade kontaktinformation till någon av Francis vänner, som han faktiskt aldrig hade träffat. Inte heller hade han träffat någon av hennes familjemedlemmar eller arbetskamrater men han kom på att han kunde ringa till klädbutiken där hon arbetade. Kanske att de hade bett henne arbeta den här lördagen för att förstärka personalen inför någon REA eller utförsäljning? Han slog numret till affären där en mycket trevlig och förvånad tjej svarade och försäkrade honom att ingen med det namnet jobbade där.

Efter att ha lyft bort en massa skräp från soffan och skjutit undan kläderna som låg kastade på golvet kollapsade Marcos i soffan. Han var plötsligt medveten om att han inte visste något om Francis, ingenting om hennes förflutna, ingenting som inte hade med honom att göra. Och han ryste.

HUGO - DECEMBER 2020

Var kunde han ha lagt nycklarna? Hugo visste med sig att han, när han kom hem och tömde sina fickor, alltid lämnade sina nycklar på brickan på skåpet i hallen. Egentligen helt omedvetet var han väldigt systematisk när det gällde sådant här. Efter att flera gånger ha kollat på golvet och rotat runt i skåplådorna gick han upp till sovrummet och kände igenom fickorna på den jacka som han hade haft på sig dagen innan. Där var de. Han var lättad och skulle just gå ner när han hörde hur det stod och droppade från en kran i badrummet, så han gick dit för att stänga den.

Efter en titt på klockan tog han sig sen nerför trappan med två steg i taget. För att slippa rusningstid och trafikstockningar ville han lämna huset senast 8:00. När han öppnade bilen insåg han att han hade glömt sin portfölj och vände sig om för att gå tillbaka in i huset. Där möttes han av Flora, alltid lika uppmärksam, som väntade på honom vid entrén med hans portfölj i handen och ett vänligt leende. Tom och Emma hade åkt till Madrid, för att klara av sin respektive examen. Det innebar att Flora numera, tack och lov, hade tid att verkligen hålla reda på alla detaljer.

Väl framme på sitt kontor, och efter att ha hälsat på flera kollegor, ordningsvakter och sjuksköterskor som han passerat på vägen, upptäckte Hugo att vitrinskåpet var öppet. Det oroade honom för det var där som han förvarade olika läkemedelsprover och vissa av dessa kunde vara livsfarliga om de inte användes på rätt sätt och under översikt. Han låste därför alltid med den nyckel, som förvarades vid sidan av hans chefsstol, men nu satt nyckeln kvar i det lilla låset. Hugo kunde inte påminna sig när han senast hade öppnat skåpet, eller om han stängt det efter att ha tagit ut det han behövde. Vad han visste var att han alltid brukade vara väldigt noggrann och han kollade de olika lådorna för att försöka upptäcka om där var något som saknades, men det var omöjligt för honom att vara säker. En del var piller som han ibland skickade vidare, eller använde direkt.

Han suckade djupt, låste och lade nyckeln i den översta skrivbordslådan, på dess vanliga plats. Sen bad han sin sekreterare att släppa in dagens första patient men då, med ett stort leende, kom hon fram och räckte honom en jätteask med vit choklad. Någon hade lämnat den åt honom vid entrédisken och vid en stor röd rosett på asken fanns ett kort instucket där det stod "Tack" och hans namn. Det var fint, men alla dessa till synes osammanhängande och oviktiga detaljer fick honom att känna ett obehag. De väckte till liv något som han trott varit glömt och sedan länge begravt i det förflutna.

Han fick en klump i halsen och kände en intensiv smärta i magen, utan att exakt veta hur han skulle förklara det eller varför. Människors minne är till sin natur väldigt envetet. Det finns dessutom, i motsats till vad många tror, inte bara inrymt i hjärnan i form av tankar och bilder, som lätt kan återkallas eller beskrivas. Vi har känslomässiga minnen vilka kan presenteras för oss som fysiska förnimmelser. De återuppstår genom att vi på ett mystiskt sätt kopplas upp till något från vårt förflutna, utan att vi alltid får någon logisk ledtråd till deras ursprung eller varför de dök upp.

Innan han satte sig i bilen började Hugo att varje morgon gå upp till sitt rum och passera badrummet för att se till att alla kranar var ordentligt stängda. Han gick sen igenom sina fickor och portföljen för att vara säker på att allt fanns på sin plats. Eftersom Leonor började dagen med ett pass på gymmet så var det hon som först gick hemifrån och hon såg därför ingenting av denna nya morgonritual, som hennes man hade lagt sig till med.

Det var Flora som först lade märke till att det var något som var udda. Hon såg hur Hugo om och om igen tog samma rutt genom huset. Det var som om han följde ett mönster då han var anmärkningsvärt metodisk. Samtidigt verkade han vara omedveten om vad som hände runt omkring honom. Flora kunde höra hur han gick upp och ner för trappan med två steg i taget och de första två dagarna hade hon frågat honom om det var något han saknade eller om hon kunde vara till någon hjälp. Hugo hade då knappt tittat på henne men gjort en gest med handen, halvt slutit ögonen och böjt på huvudet och på så sätt visat, att nej, att allt var bra. Men Flora trodde inte att det var sant.

Varje morgon, exakt tre gånger i rad, upprepade Hugo samma procedur. Det skulle för alla andra ha tett sig tämligen bisarrt och en dag, när Hugo kom hem, frågade Flora honom diskret hur han mådde och om allt var bra. Hugo försäkrade henne att han mådde fint. Han svarade "Ja" och lade till "Åh, det frågar du för att du ser mig gå in och ut flera gånger på morgonen. Det är bara det att jag är väldigt tankspridd och jag glömmer alltid något. Säg inget till Leonor, så att hon inte tänker att jag redan håller på att tappa förståndet!" Sen skrattade han högt, blinkade åt henne, och gjorde henne på så sätt medansvarig för hans lilla hemlighet.

Det var som att klumpen i halsen lossnade då han upprepade denna ritual, precis som att smärtan i magen verkade minska. Det som lugnade honom mest, åtminstone till en början, var ändå någon gömd del av hans hjärna som, med stor precision, lät honom förstå att denna lilla rit kunde skydda honom från att drabbas av en stor, smärtsam ondska.

MARCOS - NOVEMBER OCH DECEMBER 2020

Efter långa timmar av misslyckat sökande, och sedan han hade pratat med grannar och de som ansvarade för närliggande butiker, rapporterade Marcos till polisen om Francis försvinnande. De skrev ner de få detaljer han kunde ge dem, försökte lugna honom och försäkrade honom att hon förmodligen var med en släkting eller bekant. Deras vanliga frågor i fall som dessa – om de hade bråkat eller hur Francis psykiska mående varit senast de hade träffats eller talats vid – gjorde Marcos ännu oroligare. Han kände sig skyldig och dum för att han inte visste mer om kvinnan han var kär i. Han kände att han inte hade gjort tillräckligt för att lära känna henne bättre. Fast, sanningen var att Francis alltid hade varit väldigt förtegen om sitt privatliv men att han hade trott att de skulle ha gott om tid att prata om det när han kom tillbaka från skeppet. Ingenting blev som Marcos hade planerat, men den polisman som han träffat hade tagit hans kontaktuppgifter och försäkrat honom att han skulle hållas underrättad när de fick reda på något mer om Francis.

Han ordnade upp och städade lägenheten så gott han kunde,

ställde det mesta av sakerna på sin plats, eller åtminstone på den plats han skulle ha valt om det varit som vanligt. Sen sökte han reda på en lägenhet att hyra nära Paseo Marítimo de Palma, dit han tog sina få ägodelar. De pengar som han hade tjänat när han arbetade på "Purple Blue Sea" skulle utan problem täcka hans behov under kommande månader och han ville inte och kunde inte bo i Francis lägenhet. Han kände sig både förvirrad, lurad och orolig. Samtidigt visste han att det enda som just nu kunde trösta honom var att stanna kvar och bo på den här underbara ön, som han hade börjat förälska sig i.

Han höll sin mobiltelefon påslagen 24 timmar om dygnet i hopp om att Francis när som helst skulle ringa, förklara för honom vad som hade hänt och se till att detta makabra skämt fick ett slut. Dagarna ägnade han åt långa promenader, mycket sportande och lite shopping runt om i staden. På eftermiddagen hamnade han ofta på en närliggande lokal där man spelade livemusik och maten var ganska god. Till slut hade han blivit stamkund och på denna bar träffade han en grupp med de mest disparata människor. De förenades av sin kärlek till bra musik och ett okomplicerat socialt liv. Dessa nyvunna vänner tog sig an Marcos och fick honom att skratta. Deras försök att få honom på gott humör var verkligen vad han just då behövde, mer än någonsin.

CARLOS - DECEMBER 2020

En av Marcos vänner var Carlos, som också han var stamkund på den bar där de brukade träffas på kvällar och helger. Carlos var en av dessa personer som aldrig tycktes kunna passera obemärkt genom ett rum och som man sällan eller aldrig kommer att glömma. De hade träffats en sådan där decemberlördag då gatorna redan hade fyllts med julgirlanger och de båtar som låg förtöjda i hamnen bara tycktes be om att få komma ut och segla. Vädret hade varit milt, och havet slätt som en tallrik. Paseo Marítimo de Palma var fantastiskt och det var många som hade passat på att ge sig ut på en promenad eller ta en cykeltur.

Där fanns en bar med särskilt tillstånd för att kunna hålla öppet under pandemin och där hade Marcos slagit sig ner. Han drack en öl, åt jordnötter och skämtade med Lucas som var den spanska servitören med tyskt efternamn och rödaktigt hår och som så här dags brukade vara den som serverade. När Carlos anlände, och likt en vindpust svepte in, så fylldes lokalen med buller och en glädje som omfamnade allt och alla.

I den bakre delen av baren stod en tjej, redo att ta emot beställningar från dem som satt vid hennes bord. Hon hälsade Carlos med ett leende och sa till sina gäster att med Carlos kunde inget möte bli tråkigt. Han väntade inte på att bli introducerad utan hälsade på alla, kysste var och en av flickorna på vardera kinden, frågade dem han redan visste hur de hade det och kommenterade bara helt kort att han såg hur de mådde och, framför allt, så lyckades han i ett enda svep att lätta upp stämningen i hela lokalen.

På baren försiggick en så kallad "slow dating", alltså ett möte där olika människor sökte en partner eller kom dit med en förväntan att åtminstone få en dejt med någon likasinnad. Med pandemin hade den här typen av evenemang ganska få deltagare. Samtidigt var det allt fler som hoppades på ett lyckligt slut, som i alla fall till del skulle kunna mildra känslan av ensamhet. Marcos hade dittills inte noterat vilken mångsidig grupp det var som samlats eller den stämning av nyfikenhet som rådde i lokalen. Nu började han lägga märke till en massa stolsbyten, hoppfulla eller undvikande blickar, tillsammans med den mängd tapastallrikar, som kom ut ur köket och placerades på borden. Och mitt i allt detta fanns Carlos som regisserade, pratade med tjejerna som satt framför honom men också med andra bordsgrannar. Han lyckades till och med skämta med dem som satt bakom honom. Det var som om Carlos med all sin energi hade tagit kontroll över kvällen. Den sista halvtimmen av denna slow dating, tänkt som mötesplats med dejter för två, slutade med att det bildades en grupp av kollegor som bestämde att ses regelbundet.

HUGO - DECEMBER 2020

Hugo ville inte behöva genomlida det som, likt en film med oerhört olustiga scener, spelades upp i hans huvud och inte lämnade honom någon ro. Trots det obehag som det orsakade honom så bestämde han sig för att ge sig själv rätten, faktiskt skyldigheten, att utföra sin morgonritual. Han var medveten om att han, för att inte framstå som helt konstig, var tvungen att sätta upp gränser. Samtidigt såg han ingen annan utväg för att kunna hantera den ångest som börjat växa fram inom honom.

När Leonor var hemma, vissa morgnar och på helger, behövde han inte kontrollera att allt var okej. Med henne i hans närhet var allt bra. Om de promenerade tillsammans räckte det med att han i sitt huvud gick igenom de mått och steg han annars skulle ha tagit den morgonen, allt det han noggrant skulle ha kollat för att inte missa någonting. Den ansträngning och uppmärksamhet som det här krävde av honom, orsakade helt klart en viss mental trötthet, men han uppfattade det som något relativt enkelt och uthärdligt. Leonor såg att han var mer disträ än vanligt, men vem var inte det? Lika tungt som irriterande drog pandemirestriktionerna ut på tiden och det påverkade alla, men på olika sätt. Egenskaper som annars mest setts som lite egna, kunde nu ibland kännas gränslöst jobbiga. De nya pandemireglerna om hur man skulle förhålla sig, och som nästan helt begränsade alla de vanliga sociala kontakterna, gjorde livet väldigt begränsat.

Leonor, som brukade vara en ganska glad och alltid optimistisk person, hade en känsla av att hon långsamt höll på att malas sönder. Hon var tacksam för att ha Hugo vid sin sida, för att de hade varandra på ett så enkelt och tillfredsställande sätt. Hon hade alltid uppskattat hans sällskap men nu, i dessa exceptionella tider, ännu mer. Flera av hennes medarbetare levde utan partner och, via meddelanden eller videokonferenser, berättade de om en känsla av svår ensamhet och ett skriande behov av mänsklig kontakt. Några vänner sa att deras liv som gifta hade reducerats till en ackumulering av timmar av daglig samexistens, ofta irriterande och fulla av argumenterande, även om de mest triviala frågor. Så fanns det de som alltid bråkat och som menat att det varit just det som fått deras relation att hålla ihop. Käbblandet hade varit en del av deras samspel och det fortsatte under pandemin, men utan samma glöd eller elegans.

Leonor hade alltid undrat över den där typen av par, som uppenbarligen hyste en stark kärlek till varandra och vars gnabbande, i en betraktares ögon, var tröttsamt men underhållande. Mitt i denna härva av mänskliga relationer kände sig Leonor privilegierad. I hennes värld hade kärleken på ett nästan självklart sätt gifts samman med ett dagligt lugn.

BLICKA BAKÅT OCH IN I LÅDAN

"Minnen från vårt liv, kramar från den som aldrig glömde dig"
Det var en mycket förbryllande och mystisk mening, som kanske till
och med kunde ha varit vacker, om inte lådans innehåll hade känts så
störande.

Det fanns bara tre personer som hade kallat henne Victoria och
det var länge sedan hon alls hört något från Felipe, eller från Hugo
eller från hans lillasyster Alba. Sanningen var att hon, när hon reste
till Madrid, inte hade velat veta något om någon av dem. Hon hade
nog tänkt att det på det sättet kanske skulle gå snabbare att hantera
avskedet och lindra smärtan av att behöva lämna dem bakom sig.
Hon hade inte ens velat veta något om Felipe, som hon i hemlighet
varit förälskad i under de år då de delat så mycket. Marcos hade varit
viktig för att kunna komma vidare, även om också han med tiden
hade fallit i glömska. Han hade varit hennes första platoniska
förälskelse och en tonårsförälskelse som sen också blev hennes första
riktigt vuxna kärlek. Med lite perspektiv på tillvaron kan man säga att
relationen med honom markerade ett före och ett efter.

När hon nu med spänd blick och kisande ögon långsamt såg tillbaka, och ärligt sökte sig in i sitt eget förflutnas alla skrymslen och vrår, kom Marta fram till att hennes oro nog mest var ett uttryck för en djup känsla av skuld. Det var jobbigt att ta in, att hon så lite intresserat sig för dem som hon en gång delat så mycket med. Hon visste att Hugo och Alba inte hade haft det bra hemma, att de båda hade haft det svårt, och att hon inte hade gjort något åt det. Hon bestämde sig för att med sina nu vuxna ögon betrakta den flicka som hon en gång varit och hon insåg att hon då inte hade kunnat göra något, utom att ta upp det med sina föräldrar. Och hon visste ju att de aldrig skulle ha blandat sig i en annan familjs privatliv, i synnerhet inte en familj som i deras ögon var så viktig och uppenbart perfekt. Hon hade alltid hört sina föräldrar säga att det som händer i varje hus var en sak för dem som bodde där och att ingen hade rätt att ingripa. Hon kunde nu inte ens komma ihåg om hon någon gång alls hade sagt något till dem och om det i så fall hade ignorerats. Kanske att det hade varit inom sig själv som hon hade hört deras svar, utan att hon faktiskt hade ställt någon fråga.

Hon tänkte att saker och ting hade förändrats mycket sedan dess, i det här fallet till det bättre. I hennes ungdom fanns det inga hjälptelefoner att ringa vid barnmisshandel, åtminstone ingen som de minderåriga kände till. Hon och Felipe hade varit en av deras få flyktvägar, undan en barndom full av försummelse, övergivenhet och misshandel. För då och då, när Albas och Hugos föräldrar missbrukat alkohol och droger, hade det varit tydligt att de ständigt misskötta barnen ibland utsatts för absurt våldsamma övergrepp. Det kunde handla om att det slagit slint och att barnen blivit föräldrarnas måltavla bara för att de hade behövt lite uppmärksamhet och tillgivenhet, eller ville ha förlåtelse för något som blivit fel. Ibland hade deras föräldrar kanske helt enkelt haft en dålig morgon, med baksmälla efter föregående dags festande, och då – verbalt, fysiskt, eller både och – gett utlopp för sin ilska. I de flesta fall hade det varit Hugo som blivit deras måltavla medan Alba vanligen hade tvingats närvara, som vittne till föräldrarnas okontrollerade våldsamheter.

De båda syskonen hade redan i tidig ålder lärt sig att göra sig så obemärkta som det bara gick, att sköta sig efter bästa förmåga och att tillbringa så mycket tid som möjligt utanför hemmet, oavsett om det var för att leka med hundarna, läsa böcker eller umgås med vännerna. När de fyra träffades var Alba och Hugo redan experter på förträngning, att försöka 'gå under radarn' och göra bra ifrån sig. Det blev en så självklar del av deras varande att de oftast inte tänkte på det. Trots det, som när de druckit mer öl än normalt, eller när de någon dag känt sig särskilt förtroliga, fick deras vänner en ganska klar bild av syskonens vardag. De klarade sig till synes oskadda med hjälp av medfödda egenskaper, att de höll sig till sina dagliga, inrutade rutiner och tack vare deras kontakt med grannar där några var särskilt tillgivna och hade hjärtan, lika stora som deras intuition.

Marta märkte hur känslan av skuld förvandlades till ilska mot de människor som så djupt hade sårat hennes vänner. Sen gav indignationen vika för nyfikenhet och en önskan att ta reda på hur

Hugo och Alba hade det nu, när de var vuxna. Plötsligt ville hon veta vad som hade hänt med deras liv, om han fortfarande var den där godmodiga och aningslösa pojken som fått henne att skratta så mycket och tagit med henne på mopedutflykter. Och vilken kvinna hade det blivit av tjejen som så villkorslöst stöttat henne, kommit med goda råd och alltid haft ett leende att ge henne? Och Felipe, vad hade det blivit av den stilige Felipe? Hade han någonsin sett henne som mer än en vän?

Skulden hon känt för att inte tillräckligt ha brytt sig om sina barndomsvänner kom tillbaka, men tunnades ut av en framväxande illusion, som följdes av ett förväntansfullt magpirr då hon bestämde sig för att söka rätt på dem. Nuförtiden borde det inte vara så svårt med hjälp av internet och alla dessa sociala nätverk. Hon var fast besluten att återknyta kontakten med dem alla, att föreslå att de skulle hitta en dag för att träffas och prata, dela med sig och skratta – eller gråta, om det behövdes – och att tillsammans dra sig till minnes den tid som för Marta hade varit den bästa delen av hennes liv. Och där fanns kartongen.

Marta satte sig ner för att betrakta lådan med lite andra ögon. Hon ville se vad den innehöll och granska det med ett öppet sinne och en helt annan medvetenhet. Den blodiga tidningen verkade inte längre vara något hemskt att vara rädd för. Den var snarare vad som fanns kvar av en pakt vilken, med blod, slutits mellan fyra tonåringar som delat ett stycke liv tillsammans.

FELIPE - 16 JANUARI 2021

Gårdagens kortvariga men kraftiga regnande hade gjort marken lerig. Efter en 40 minuters vandring satte sig Felipe på en stor sten vid sidan av stigen. Han blickade ut över havet i fjärran och kunde där se hur solen lekte med det blåa vattnet, som var detsamma men hela tiden skiftade i ton och ljusstyrka. Han tog en stor klunk ur vattenflaskan som han haft i jackan och mådde väldigt bra.

Felipe kände sig liksom stolt över sig själv, för att han bjudit sig själv på några dagars lantligt lugn i ett fint, hyrt hus i en skön omgivning. Det var inte något som han brukade göra och likt ett nyårslöfte bestämde han sig för att det skulle ske oftare framöver. Vem vet om han inte skulle köpa eller bygga sig ett litet hus här på landet, varför inte? Kanske ha en liten köksträdgård och låta solens strålar ge honom lite färg, i stället för den gamla UVA-maskinen som han förvarade i ett av lägenhetens sovrum.

Kanske att det hade kommit något gott av hotet om en hjärtattack och hela denna bedrövliga pandemisituation? Kunde det vara så att allt detta var en läxa för att lära honom att livet är mer än arbete och han lekte med tanken att man, om man ville, skulle kunna förlänga veckosluten.

Hans mobil föll ur byxfickan när han rörde på sig för att sitta lite bekvämare. Telefonen hade dessbättre ett bra stötskydd så den hade klarat sig bra och han funderade på att passa på att ta ett foto av den vackra utsikten som bredde ut sig framför honom. När han så med sitt fingeravtryck låste upp mobilen kunde han se meddelandet med Hugos svar och det var då som han märkte att det innehöll en mycket längre text, än bara ett enkelt "OK".

FELIPE OCH HUGO - 16 JANUARI 2021

Felipe satt kvar på klippan vid stigen och hade havet framför sig, men när han läste Hugos meddelande glömde han helt bort att fota den vackra utsikten. Meddelandet var plottrigt och ovanligt långt:

"Felipe, någon gång när det fungerar för dig skulle jag vilja prata med dig. Något konstigt har hänt. Ett paket anlände i morse fullt av gamla böcker och manuskript, förmodligen skrivna av min syster. Det är mängder men vad jag fattar, efter att ha skummat igenom en del av det, är att allt är väldigt konstigt. Lådans avsändare är ett företag som hette jag-vet-inte-vad och där fanns bara en postbox-adress och lite annat, så jag vet inte riktigt hur jag ska kontakta dem. Jag undrar om du kan komma på något sätt att hitta Alba. Som du vet har hon och jag inte pratat med varandra på många år och du har alltid varit smartare än mig när det gäller sånt här."

Felipe reste sig upp för att gå tillbaka till det hus som han hyrt i några dagar. Det var dålig täckning där han var och han ville inte riskera att samtalet bröts. Han behövde också tid för att fundera över hur han skulle gå till väga för att hitta Alba och kunna ge sin vän ett svar.

Vi lever nu i ett tidevarv då man genom Google omedelbart kan teleporteras till vilken plats som helst i världen, få kunskap om eller svar på nästan alla frågor, har tillgång till sociala nätverk som fotoböcker och som hjälper till att sätta ihop tjusiga "Curriculum Vitae". Det är där som vi kan sprida vår fysiska charm, om vi har någon, och dela våra djupaste eller mest vanvördiga tankar, ifall det är där vår håg ligger. Eller så nöjer vi oss med att berätta vad vi åt till lunch, eller att dela ett foto av en vackert krämig latte beströdd med kanel. Det är så som vi, via mängder av bilder som är fulla av tillgivenhet och presenteras i alla tänkbara färger, följer andras och deras barns liv. Det är även på nätet som vi utvecklar våra överenskommelser och meningsskiljaktigheter, ger likes eller skickar hjärtan till vadhelst det är som fångar vår uppmärksamhet. Nätverken utgör både vårt eget speciella och vårt universella té-rum, där ens närvaro förutsätter att man anlägger någon slags mask.

För Felipe stod det klart att en sökning på nätet var det första som han skulle göra när han kom hem. Han hade tagit med sig sin bärbara dator och tanken med det hade varit att han under eftermiddagen skulle kunna granska designen för ett nytt projekt, som han tyckte verkade vara riktigt lovande. Eftersom det känts så bra hade han tillåtit sig att tro att det inte rörde sig om arbete. Som för alla proffs finns ju stunder som mer handlar om att utveckla en hobby än att utföra en nödvändig eller påtvingad arbetsuppgift. För Felipe var det sann lycka att få ta sig an designen av ett hus vid havet i Bendinat-området. Det var ett projekt med en obegränsad budget och utan andra hinder än de begränsningar som bestämdes av platsens naturliga förutsättningar.

Det var nu lite lättare att ta sig tillbaka till huset. Solen hade torkat upp marken så den var mindre lerig och Felipe hade huvudet fullt av tankar på Hugos meddelande och minnen från förr. Det kändes väldigt tråkigt att de båda syskonen inte hade någon kontakt, att två personer som varit oskiljaktiga inte längre ens pratade med varandra. Det fick honom att tänka på hans eget liv och hur han så abrupt hade brutit kontakten med sin exfru. Även om det var sant att de inte längre tycktes ha något gemensamt, förutom sina nu vuxna barn, så hade de ju haft många år tillsammans då de delat både högt och lågt och kunnat stötta varandra.

Deras känsla av samhörighet var inte längre densamma, men ingen kände honom så väl som hon. Han tänkte på deras nattliga samtal fram till gryningen och promenaderna vid havet, ibland utan att de yttrat ett ord eftersom det inte hade behövts. Han funderade på att ringa henne och bjuda på en kaffe, kanske tillsammans med vänner – någon gång framöver. Nu var ju sjukhusen överfulla och kaféer, barer och restauranger var stängda. Man fick vänta in politiska beslut när de kunde öppna på nytt, men han skulle passa på att ringa henne och höra hur hon hade det. Kanske att de kunde hålla liv i sin vänskap, nu när den ilska som pyrt under åren hade lagt sig och det tänkta livslånga, äktenskapliga samlivet inte längre var en del av ekvationen.

Det slog honom också att det var flera dagar sen han träffat eller ringt till sina föräldrar. På grund av covid-19 var det sällan som de sågs. Han var hela tiden rädd att han skulle råka smitta dem med viruset. Så de åt inte längre söndagsmiddagar tillsammans och när de träffades kramade han dem från sidan, utan att prata och med munskyddet på. Hans mamma uppskattade halvkramen, som om den var som vanligt, och hon tog tag i hans jacka för att hålla kvar honom lite längre, medan hon smekte hans hår. Hans pappa, som aldrig varit mycket för att kramas, uppskattade kontakten och gav honom två rejäla klappar på axeln. Så där som män gör om de vill visa sin tillgivenhet, men som har växt upp under en tid då karlar av olika skäl sällan kramats.

Felipe tänkte på hur viktigt det var att hålla kontakten med dem som betyder något för dig, med dem som älskar dig, uppskattar dig och verkligen känner dig. Ibland krymper världen och blir liten, väldigt liten. I den stund du står ensam vid en avgrund är det dina nära och kära som kan rädda dig från att störta nerför stupet. De andra har redan fullt upp med att rädda sig själva. Du och dina bekanta kan ha delat roliga ögonblick, varit engagerade i intressanta virtuella chattar eller tagit ett glas vin tillsammans i ett digitalt forum, men det räcker inte. Kanske att det digitala pandemi-livet kan göra att man kommer till insikt, att så snart skärmen släckts ner så kan blicken behöva vändas inåt, göra att man hittar tillbaka till sig själv och till den värme som kommer från det egna hjärtat.

ALBA -MARCOS NÄRVARO

När Victoria – nu återigen Marta – viskade i hennes öra att hon inte längre var oskuld, eftersom hon på skolan i Madrid hade träffat sitt livs kärlek, så kände Alba det som att något inom henne nästan gick sönder. Det var påsklov och Marta var tillbaka på Mallorca där hon skulle tillbringa några veckor hemma hos sin farbror för att riktigt njuta av sol och sin ledighet. Vännerna hade, som nästan alltid, träffats i det övergivna huset. Självklart skulle stenarna och ödehuset finnas kvar där för evigt och som alltid få dem att känna sig trygga och hjälpa dem att ta upp samtalen där de slutat, men Marta ville inte att pojkarna skulle få reda på det. Hon passade därför på att komma närmare Alba och berättade sin hemlighet när Hugo och Felipe höll på att engagerat prata om mopeden och hur de hade lyckats trimma den att gå snabbare.

Alba kände värmen i Martas andetag och hur nära de var varandra. Martas knä var tryckt mot Albas lår och handen strök mot hennes ansikte när Marta lade den på Albas kind, så att ingen annan skulle höra. Den magiska känslan försvann när Alba med hjärnan uppfattade vad hennes öron precis hade hört. Allt blod verkade rinna ner till hennes fötter och hon var tacksam för att hon satt ner, så att hon inte skulle vingla till. Marta sa "Hörde du mig inte?", när hon märkte att Alba inte sa något, "Det är superspännande!". Alba låtsades le och verkade lyckas att få till ett entusiastiskt ansiktsuttryck när Marta fortsatte att berätta detaljer för henne, medan hon viftade med händerna och spärrade upp ögonen.

Hon absolut strålade av lycka och viskade att Alba var den första hon berättade för. Varje annat samtal då hon skulle ha varit den första att lära sig något nytt om Martas liv skulle ha känts helt fantastiskt för Alba, som en riktig hedersbetygelse. Vad som helst, utom det här, att Marta hade blivit kär. I vanliga fall skulle hon inte ha missat en stavelse, men nu förmådde hon inte att uppfatta alla detaljer, men ett namn fastnade: Marcos, Marcos Castillo Blanco. Marta sa att hon berättade allt för honom eftersom det verkade så poetiskt att hennes livs kärlek hade ett efternamn med så mycket mening. Hon hade blivit kär och det var sant för kärleken hade dessutom fullbordats. Han kom från Galicien men bodde i Madrid och den lycklige var i Martas ögon världens vackraste och underbaraste kille.

För Alba var detta värsta mardrömmen när hon insåg hur hennes kärlek inte längre skulle vara bara osynlig, utan också omöjlig att visa i en verklig framtid. Hon var bara 13 och ett halvt år gammal och i en ålder då förälskelser varar för evigt. Marta skulle fylla 18 år och snart gifta sig. Albas liv hade, återigen, precis fallit samman. Under resten av eftermiddagen hände just ingenting. Hugo och Felipe fortsatte att prata om sitt och bjöd sällan in flickorna i samtalet, och Marta slutade vara så översvallande när hon insåg att hennes vän inte var lika glad och pratsam som vanligt. Atmosfären blev konstig och luften kändes tjock.

Avståndet som uppstått då Marta flyttat till Madrid verkade nu som om det inte längre var bara fysiskt. Åldersskillnaden hade blivit märkbar, de hade fått andra intressen och valt att röra sig åt olika håll. Tjejerna verkade nästan tycka att det var bra när Hugo och Felipe sa att de var tvungna att gå för att hinna till reservdelsaffären innan den stängde. Det var sista gången de fyra var tillsammans.

DIADEMET

Marta kände hur hon öppnade sitt hjärta då hon med ett nostalgiskt leende på läpparna började gå igenom innehållet i lådan. Hon tog fram den lilla påsen där träbiten låg och lade den åt sidan, utan att öppna den, men först sedan hon sett att den innehöll initialerna som de fyra med en stans hade ristat in för så länge sedan. På pappret fanns något brunt som löpte samman i två strimmor. Det var tydligt att det var torkat blod. Hon kunde inte minnas att de hade gjorde något sådant, men decennier hade gått och minnet kan svikta.

Sedan lyfte hon upp ett stort och dyrbart diadem. Det var praktiskt taget samma smycke som Alba hade gett henne på hennes 15-årsdag. Hon mindes det så väl eftersom det hade verkat vara en värdefull gåva. Det diademet hade ändå hamnat i en papperspåse innan det följde med till Madrid, tillsammans med många andra mer eller mindre värdefulla saker. Varje rörelse är ett ögonblick för en ny början, där man blir av med en del av sitt liv och många av sina tillhörigheter.

Hon tog tiaran ur väskan, satte den i håret och gick för att ta sig en titt i den höga hallspegeln. Marta skrattade när hon såg sig själv klädd i träningsoverall och med det magnifika diademet, fullt av glitter och pärlor, stort och vackert. Allra mest komiskt var de hustofflor som fullbordade hennes utstyrsel. Hon flyttade sig närmare spegeln och fokuserade på sitt lätt sminkade ansikte. Av nyfikenhet lutade hon huvudet lite åt sidan och såg att diademet liknade de kronor som drottningar bär vid viktiga evenemang. Det fick henne att framstå som längre och vackrare. På något sätt fick det henne att känna sig kraftfull.

Hon log men fylldes på samma gång av sorg när hon tänkte på sina ouppfyllda drömmar, allt det stora som hon inte hade kämpat för och soliga dagar som hon inte hade tagit tillvara. Marta märkte att ögonen hade börjat svämma över och hon torkade bort sina tårar. Så tittade hon på fotoramen med Julias porträtt, som stod på skåpet i hallen. Det hade varit värt allt att ha henne och att under många år, som en nära och hängiven mamma, ha sluppit göra omöjliga val för att få ihop ett vardagspussel. Om det hade varit hennes stora arbete, kunde hon inte ha varit mera stolt över det. Hon tittade om igen på sin spegelbild, nu med rakare rygg, och tänkte att det ännu kanske fanns tid att bära ett vackert diadem, nu när hennes viktigaste uppgift i livet var klar.

Hon återvände till matsalen, fortfarande krönt och kände sig uppsluppen som om hon redan hade börjat sitt sökande fram mot nya möjligheter. Hon skulle göra en lista över sådant som hon var bäst på och försöka dra nytta av det. På 2000-talet hade färdigheter och förmågor blivit viktigare än diplom. Det fanns nu fler möjligheter att kunna växa yrkesmässigt och ekonomiskt, även utan formell utbildning och en examen, i alla fall så länge man lyckades med det man företog sig och kunde sticka ut från mängden. Någon annan skulle säkert vara bättre än hon på att svara i försäkringsgivarens telefon. Marta skulle för första gången på länge staka ut sin egen resväg.

NYHETER 2 – 21 JANUARI 2021

Den 21 januari kom morgontidningarna med nyheten att myndigheterna hade begärt att öns turistområden skulle prioriteras för covid-vaccination. Efter ett år av pandemi befann sig Balearerna – vars ekonomiska rikedom har ett påfallande stort fokus på turism – på gränsen till kollaps. Researrangörer var både entusiastiska över och beroende av, att få välkomna vänliga resenärer för sköna dagar på stränder, i solsken och att erbjuda avkoppling, så att besökarnas vinter blev mer uthärdlig.

I USA svors Biden in som president och runtom i världen var sjukhusen överfulla av covid-patienter. Vårdpersonal fortsatte att be folk att stanna hemma på grund av det höga antalet intagna, som också riskerade undanträngning av annan vård. I tidningarnas nedre högermarginal, där man brukade publicera nyhetsartiklar, rapporterades att man dagen innan funnit en kvinna som dött under märkliga omständigheter och att en utredning påbörjats. Man hade funnit blåmärken på hennes kropp och sår som hon skulle kunna ha fått genom att snubbla och falla mot stenarna på stigen, som ledde till det övergivna huset där man hittat hennes kropp. Hon hade också rivmärken som kunde ha orsakats av den taggiga undervegetationen som fanns på fyndplatsen. I jakten på fler ledtrådar och inför beslut om fortsatt handläggning följde man upp misstanken att offret blivit förföljd av någon angripare och att hon hade lyckats ta sig till byggnaden levande, innan hon dött av sina skador. För att bringa mer klarhet i fallet inväntade man nu resultat av obduktionen och vidare utredning på plats.

HUGO - BARNDOM

Hugo var knappt 10 år gammal när hans föräldrar ofta och regelbundet, vanligtvis dagtid, började lämna honom ensam att ansvara för sin lillasyster och på köksväggen, vid telefonen, hade han en lista med viktiga telefonnummer. I det stora vardagsrummet-matsalen fanns en spektakulär medelstor TV där det rullade svartvita bilder med ett pausprogram. Rutan lystes upp om man dunkade till TV:n på sidan och apparaten gav då ifrån sig välbekanta ljud, som spred en slags hemkänsla i rummet. Grannens katt kom på dagliga besök för att kontrollera att de var okej, samtidigt som den fick sin dos av smekningar och blev bortskämd med en bit ost och bologna-skinka.

Många morgnar, efter föräldrarnas fyllefester, var han ansvarig för att väcka Alba och att hjälpa henne med att städa upp, klä på sig och äta frukost. Vid sin första nattvard hade Hugo, av en trevlig vän till hans far, fått ett batteridrivet väckarur med en stor toppklocka att ha vid sängen. Den hade en bild av Musse Pigg på insidan och när larmet gick var ljudet så högt att Hugo höll klockan gömd under täcket för att ingen annan skulle kunna höra det. Klockan fick honom att vakna, ofta med ett ryck, och han brukade stänga av den så fort den började ringa. Han var rädd att det annars skulle väcka hans föräldrar och att de skulle bli arga och ta bort väckarklockan.

Väl vaken var Hugo redo att börja sin och sin systers dag. En måndagsmorgon, efter att ha snabbt kommit ur sängen och klätt på sig byxor och sin favorittröja, tog han med Alba till badrummet och hjälpte henne att tvätta ansiktet. Där lämnade han henne med tandborsten i handen medan han gick ner för att förbereda frukost och fixa några lunchsmörgåsar. Sedan skulle han gå tillbaka för att hjälpa henne att klä sig, men det började bli sent och han skulle inte komma i tid till sin lektion om han stannade där med Alba. Hon hade gått upp sent den dagen och tog nu längre tid än vanligt på sig i badrummet.

Han gillade aldrig att komma för sent, men idag var det hans tur att vara först på morgonen för att presentera ett jobb som han hade förberett i flera veckor. Det var ett vetenskapsprojekt där han gjort en plastmodell med trådar, som illustrerade solsystemets planeter. Den var fastsatt på en träskiva och innehöll alla detaljer som behövdes för att han skulle kunna få högsta betyg. Hugo hade föregående eftermiddag stått framför spegeln för att förbereda sitt tal. Han kände sig lite nervös och fick inte bli sen. Han ville inte behöva sitta kvar i hallen, utanför klassen, i väntan på lektionsslutet, bli kall om baken och få en nolla i rapportkortet. Ursäkter för att komma för sent accepterades inte och det spelade ingen roll om barnen hade med sig ett intyg hemifrån, som förklarade orsaken till sen ankomst. Regler diskuterades inte och fanns där för att följas.

När han höll på med den andra smörgåsen och bredde Nutella på brödskivan hörde han sin mammas skrik, som lät allt argare. Hugo frös till och försökte att röra sig så ljudlöst som möjligt, så att ingen skulle tänka på honom, men så ropade pappan högt hans namn. Det var en röst med en för barnen väldigt bekant ton, och Alba började gråta okontrollerat. Hugo blev rädd och ångerfull. Med sänkt huvud gjorde han sig beredd att gå uppför trappan, väl medveten om vad som väntade. Han kunde redan där nerifrån se en rännil av vatten från badrummet och när han tittade upp såg han sin far med det vikta bältet i ena handen och ansiktet rött av ilska.

Den dagen tog han med Alba till förskolan utan att hålla hennes hand eller hjälpa henne med ryggsäcken. Han hade inte heller med sig sitt vetenskapsprojekt. Det hade han glömt när han gick hemifrån och han hade inte heller vågat gå tillbaka till sitt rum för att hämta det. Rumpan och hans rygg värkte oerhört, men ännu mer ont hade han av den klump som hade bildats i halsen därför att han inte hade kunnat skrika ut sin smärta. Som så många andra gånger hade alltihop samlats i en tom magsäck, som med åren hade krympt ihop av rädsla och frustration.

Väl framme i skolan satte han sig i korridoren och väntade med nedböjt huvud på att lektionen skulle sluta. Som ett mantra bad han till Gud om något mirakel som skulle göra det möjligt för honom att nästa dag få presentera sitt arbete. I gengäld lovade han att då alltid vara uppmärksam på att kranarna var ordentligt åtdragna och att inte glömma någonting. Han upprepade det om och om igen, tryckte sina knän mot huvudet i armarna och försökte hålla tillbaka tårarna.

Så kom vikarien ut genom dörren vid klassbytet och gav Hugo en tillgiven knuff. Samtidigt förklarade han att Don Mateo, naturvetenskapsläraren, hade varit indisponerad och att uppgifterna och presentationerna skulle levereras nästa dag. Hugo nästan skrek till av glädje, knuten lossnade och smärtan i magen började försvinna. Hans pakt med Gud hade fungerat och han skulle göra allt för att inte göra Honom besviken.

ALBA OCH MAT

Redan som barn hade Alba varit liten i maten. Alltsedan hon i två-
årsåldern hade börjat på dagis hade läraren varnat föräldrarna för
hennes problem med att äta upp. Men de hade inte varit intresserade
och bara envisats med att hon fick i sig en rejäl middag till natten. Att
det fanns så många andra barn på förskolan gjorde att förskollärarna
till slut gav upp att försöka hålla koll på hennes matintag, men
sanningen var att Alba vare sig åt en rejäl middag på kvällen eller en
god frukost på morgonen.

Från det att hon föddes lärde sig Alba att det enda sättet som hon
kunde få sina föräldrars uppmärksamhet var genom att be om mat.
Det var nästan bara då de liksom såg henne, förutom när hennes
blöja var överfull och läckte. När hon blev äldre kunde hon inte
längre få någon slags kontroll över sina föräldrar genom att begära
mat. Eftersom de då inte längre tog någon notis om henne – inte ens
när hon grät av hunger – bestämde hon sig för att straffa dem genom
att äta så lite som möjligt, för att på så sätt försöka få deras
uppmärksamhet.

När hon var i 10–12 årsåldern fortsatte hon att ägna all kraft åt mat, men inte längre för att få kontakt med sina föräldrar. Då var det snarare ett sätt att få någon slags kontroll över hennes egna kaotiska lilla värld, , Ätandet kändes som något intimt, personligt och kraftfullt och, till skillnad från nästan allt annat, var det något som hon kunde bestämma över själv. Till och med den smärta som hennes gnällande mage orsakade kändes tillfredsställande. Det påminde henne om att det var hon som bestämde över sitt matintag och det gav henne njutning.

Till detta lade hon en järnhård disciplin, som också visade sig i timslånga studier för att få högsta betyg. Det var en annan av de saker som enbart och uteslutande berodde på henne. Dessutom var det ingen som störde henne under studietiden och därtill fanns det då ingen risk att hon skulle göra något som kunde anses vara fel, vilket kunde sluta med något överdrivet och obegripligt straff.

116

DE KINESISKA ÄTPINNARNA

Nästa lilla påse som Marta tog upp ur kartongen innehöll en äppelformad kylmagnet med Frihetsgudinnan målad i relief på insidan och en skylt med orden "New York" på botten. Hur mycket hon än tänkte på det, kunde hon inte se vad detta föremål kunde ha med henne att göra. -Hade Alba varit i New York och köpt den? Vid det här laget var hon nästan säker på att lådan hade skickats till henne av Alba. Hon trodde inte att någon av de två pojkarna kunde ha varit så känslosamma att de skulle ha behållit den här typen av föremål, och inte heller ha varit så noga när det gällde att slå in dem – i motsats till Alba, som alltid varit uppmärksam på alla detaljer.

Hon lade magneten på bordet bredvid påsen med träbiten. Nästa föremål som hon lyfte upp ur lådan var en lång, smal, utbuktande tygpåse. Upptill hade den en tryckknapp, som doldes av en vitkantad flik. När hon öppnade den tog hon fram två dyrbara ätpinnar i trä, lackerade i svart och rött med en gyllene linje i mitten.

ALBA – KINA OCH DEN FÖRSTA DATORN

"Vi har äntligen kommit hem efter en resa full av förseningar och fullsatta flygplan. Kina är ett fantastiskt land! Under vår lyxiga turné har vi bara besökt ett par städer men vi har beslutat att återvända så snart vi kan för att lära oss mer. Vintern i Peking är väldigt kylig och vi har varit kalla om våra ben. Torrheten i luften är så intensiv att vi fick kramp varje gång vi tryckte på knappen för att ta hissen. Det slutade med att det var roligt, liksom att se Victorias långa hår resa sig och flyga åt sidorna varje gång hon kammade sig eller tog på sig kappan. Det gav henne en Bride of Frankenstein-look. Och vi somnade 10 minuter efter starten av föreställningen av den kinesiska operan som guiden tog oss till, trots alla gälla ljud och dessa magnifika och överdådiga kostymer, och jag bara hoppas att jag inte snarkade för mycket. Jag tror att det är en svår show för européer att förstå, och även för många unga där, men det var tvunget att se

den eller åtminstone prova på. Vi slutade aldrig att förvånas över skönheten hos de majestätiska palatsen och templen, som byggdes av de olika dynastierna, liksom de vackra trädgårdarna som låg runt dem. Himmelska fridens torg är lika stor som dess historia och dess kultur lika viktig som dess värden.

Vi vill komma tillbaka till våren, när körsbärsträden blommar och de majestätiska byggnaderna täckts av miljontals rosa blommor."

Alba lade ifrån sig den finspetsiga blå pennan och stängde anteckningsboken, placerade den ovanpå en hög med anteckningsböcker, en del redan fullskrivna och några oanvända. Hon hade ont i ryggen och sträckte armarna uppåt för att försöka få ordning på kotorna. Hon böjde sig åt ena sidan och sen åt den andra innan hon reste sig, efter att ha placerat kudden som hon hade haft i sitt knä på resten av kuddarna som låg på sängen.

Hon gick till köket och öppnade kylen för att få i sig lite mat som skulle väcka hennes aptit eller åtminstone stilla den tomhet hon kände i magen. Det slutade med att hon bestämde sig för en chokladmilkshake från den kartong som låg längst ner på första hyllan.

När hon gick in i vardagsrummet och satte sig i den beigea tygsoffan var hon väldigt noga med att ingen vätska från sugröret skulle spilla på den. Även om sofftyget var lätt att rengöra, som försäljaren entusiastiskt hade informerat henne om när hon köpt den, ville hon inte behöva resa sig upp för att hämta en våt trasa när hon väl satt sig ner.

Fönstret i vardagsrummet var öppet och hon kunde höra perfekt vad de förbipasserande pratade om. Hon tyckte det var roligt att lyssna på lösryckta bitar ur olika samtal. Det påminde henne om ett spel där varje deltagare var tvungen att berätta en del av en berättelse, som ofta var meningslös. Alba föreställde sig hur människorna hon lyssnade på såg ut, vilka kläder de hade på sig, vilka förhållanden de olika samtalspartnerna hade sinsemellan ...

Ett gäng flickor hade stannat till under fönstret i deras hus, bredvid sten- och sandstensmuren som täckte fasaden. Utanför den enorma och tunga trädörren vid entrén fanns en halvmeterdjup arkad och det var där som flickorna samlats. De pratade livligt om något slags internet, som kunde nås via en dator. Ljudet från en förbipasserande bil fick Alba att tappa tråden i samtalet, men hon lämnade milkshaken på bordet och gick till fönstret. I skydd av två höga våningar och stängda persienner lyssnade hon till resten av dialogen, men de pratade inte så mycket mer om det för några minuter senare kom en pojke förbi. En av flickorna verkade känna honom och han bjöd med dem att ta en glass på "Ca'n Joan de s'Aigo", något de omöjligt kunde tacka nej till.

För Alba hade samtalet ändå varit tillräckligt ingående och intressant för att väcka enorm nyfikenhet. Deras röster bleknade bort när Alba satte på sig en jacka och tog sin väska för att gå på upptäcktsfärd. Hon hade aldrig varit intresserad av datorer tidigare men nu var hon fast besluten att köpa en.

ALBA - INTERNET 2002

Under flera år efter hennes första introduktion till datorvärlden hade Facebook och kontaktsidor blivit en viktig del av Albas liv. Via en bullrig router kunde hon enkelt koppla upp sig mot omvärlden. På Facebook fick hon flera vänner. Med dem delade hon några förtroenden under oändliga samtal och många skratt, tillsammans med bilder och texter. Hon kände sig trygg och stöttad av kvinnor som hon visste att hon förmodligen aldrig skulle träffa, men som fanns där och fyllde det behov av tillgivenhet som hon så längtade efter. Singlar, gifta, unga och andra som inte var så unga, de bildade hennes mest verkliga vänkrets. Hon kunde följa deras liv, dela deras frustrationer, beundra deras barn, delta i deras firanden och till och med nästan känna doften av deras kakor. Alba var på Facebook den mest verkliga person hon någonsin kunde vara.

Hennes flöde genom dejtingsidorna var väldigt annorlunda. Där tillbringade hon flera timmar om dagen med att byta personlighet, skapa fiktiva relationer och träffa män att ha det bra med. Hennes falska, men mycket trovärdiga, profiler gav henne tillgång till en mängd olika slags liv och upplevelser, otaliga sociala utbyten och, när hon bestämde sig för det, mer intima njutningar. Det var en dörr som genom en skärm öppnade upp till en mängd vägar färdiga för henne att utforska, där hennes spegelbild framträdde med ett djup men ständigt förvrängd.

Det kan vara Carmen, Patricia eller Daniela; spanska, franska eller amerikanska; singel, gift eller i en odefinierad sentimental situation. Med trevliga människor kunde hon erbjuda närhet, vara envis och extrem mot dem som var påstridiga och tvärsäkra, och sårande mot dem som liknade andra som hade kränkt henne. Ett påhittat namn skänkte en anonymitet som gjorde att hon kunde spela vilken roll som helst, klä sig i vänlighet eller vara busig, bli så extrem som hon ville bli. Hon blev expert på det manliga psyket, grävde ner sig i vad de letade efter och vad de krävde av en kvinna. Hon gjorde en mental katalogisering av de olika typer av män som hon hittade under sina resor på nätet och hon lärde sig att erbjuda dem det de trodde skulle göra dem lyckligast. Hon förstod hur hon kunde få vad hon ville av var och en av dem, om hon tryckte på rätt knapp.

Hon hade bestämt sig för att undvika och inte hålla kontakt med dem som verkade vara bra människor, varken först eller efter flera samtal däremellan. Hon var trots allt ingen psykopat, och hon led med andras lidande. Men hon var tvungen att veta hur det manliga sinnet fungerade för att kunna dra nytta av det. Kanske hade Alba inte full koll på den verkliga världen, som alltid tett sig fientlig, men hon styrde i den virtuella världen, där hon hade lyckats utvecklas till en lyckosam kameleont.

FLUGAN

Nästa föremål som dök upp fick Marta att fälla några varma tårar. Av sorg och respekt blundade hon och sänkte huvudet. Om det var något som, mer än något annat i den här världen, påminde henne om hennes far, så var det flugor. Han hade förvarat en samling av dem i en separat del av strumplådan. Beroende på tillfälle fanns där röda, gula, gråa och mönstrade, bredare eller smalare. Han sa att biografjobbet hade lärt honom elegansen och vitsen med originaliteten i att avsluta en utstyrsel med fluga, ett tillbehör som det alltid fanns en användning för.

Det var inga nyheter som kom att prägla hans sista år i livet och heller inga särskilda färger eller nya bilder, än mindre någon tydlighet. Snarare skickades han då obevekligt bakåt i tiden, till dagar då han fortfarande varit förmögen att kunna styra över sitt liv. Det var kanske det som förde honom tillbaka till flydda tider, behovet av att känna kontroll? Eller kanske hade hans nervceller spelat honom ett spratt genom att vägra låta honom fylla sin livsbok med fler sidor och nya berättelser? Han hade kanske använt dem alla tidigare, eller gjort slut på alla pennor.

Marta var övertygad om att det hade varit hennes mors död som direkt och oundvikligen hade lett hennes far in i hans mörker, endast upplyst av forna tiders ljus. Som dotter hade hon på nära håll bevittnat en del av sina föräldrars historia, deras nära band, deras solidaritet som par, deras järnhårda principer. Även i svåra tider hade hennes mamma kunnat skapa ett lugn, fritt från svallvågor. Kanske att den förmågan, till absolut underkastelse och evig försoning med världen runt om henne, var det som gjorde att hon fick den bröstcancer som så långt i förtid avslutade hennes liv? Det var samma bröst som tjänat som stöd och frid för hennes barn, varit en outsinlig källa till ömhet för dem alla, och som hade skyddat ett ofantligt stort hjärta som inte slog för sig själv, utan för dem som fanns runt henne.

Hennes mamma hade lärt sig vad som var rätt och riktigt och hennes önskan var att Marta skulle vara som hon. Med sin tystnad och underkastelse ville hon visa att det var så kvinnor skulle vara, medan män och Martas far hade ett annat slags ansvar och levde under andra, motsatta villkor. På så sätt genomförde Martas föräldrar en balansakt som fungerade till dess att deras gemensamma upplägg slutade med sjukdom och död. Det bröt samman när hälsan hos den synbarligt svagaste parten gav vika och hennes pappa inte klarade av att släppa kontrollen, tills Alzheimer tog över.

Hans sinne, trött och utan motvikt, föll till marken med spridda minnen. Det fick honom att, även med bett, slumpmässigt famla efter sitt liv. När hans utsträckta hand missade den rätta biten, utbröt förvirringens ilska i honom. Dessa ögonblick var de mest smärtsamma för Marta. Det är ofrånkomligt med ilska eller att man övermannas av en ödslighet när ett mörker skapar en omätlig skräck. Marta visste inte vilket som var värst, om det var när hennes far skrek och viftade så häftigt som hans gamla armar tillät honom eller när han var som helt inkapslad i sig själv med blicken förlorad i någon annan värld, helt omedveten om vad som hände runt omkring honom.

Den cellofaninlindade blå flugan bar med sig så mycket av honom och andra minnen. Flugan i lådan hade fått henne att tänka på den där blandningen av upplevelser som bygger upp vårt jag, och på hur bräckligt det bygget kan vara när det ska försöka stå pall för sådant som riskerar att förstöra allt i sin väg.

ALBA OCH MARCOS - 2020

När Alba äntligen träffade på Marcos, Marcos Castillo Blanco – ett namn som hon svurit på att hon aldrig skulle glömma – så bestämde hon sig för att bära en klart maskulin kostym med en bred, himmelsblå fluga. Med denna fluga ville hon på något sätt hylla Martas far som, i andra tider, skulle ha träffat och varit på sin vakt mot den man som hans dotter Marta skulle ligga med för första gången och förlora sin oskuld till. Så hade det uppenbarligen inte gått till, men eftersom livet är fullt av metaforer ville Alba få med detta lilla spel i deras första möte.

Hon hade hittat Marcos på praktiskt taget alla plattformar men hon hade bestämt sig för att skriva till honom på Badoo, en dejtingsajt som blivit känd för att snabbt ge resultat, där foton och spontana förslag vägde tyngre än försök att ta reda på mer om varandra. Det var inte svårt för henne att hitta honom trots hans gåtfulla smeknamn, "Riddle", tack vare de otaliga bilderna som fanns i hans profil och det faktum att han inte hade ändrat sin ålder när han skrev in sina uppgifter. Hon fick full koll på Marcos genom att söka på sidor över jobberbjudanden och via Google där han alltid log och verkade vara nöjd med sig själv. Genom sina bilder berättade han också om sina hobbyer, sin bakgrund, sina intressen, sina bekymmer och till och med om sina drömmar.

Alba hade valt sajten Badoo eftersom den sidan skulle tillåta henne att, i Marcos ögon, sticka ut. Där de andra kvinnorna talade om fart och energi, skulle hon erbjuda mystik, samtal och ömsesidig kunskap. För Marcos framstod Alba som den perfekta kvinnan. Hon gav intrycket av att kunna läsa hans tankar och hon delade hans fritidsintressen. För Marcos var det nästan för bra för att vara sant, att han mött denna fantastiska kvinna. Ett efterlängtat möte ägde rum i juni, då Marcos äntligen kunde resa till Mallorca. De träffades på en thairestaurang nära Marivent, där den goda maten och en väldigt, väldigt söt kaka var som pricken över i:et på deras romantiska och mysiga första dejt.

Efter att en tid ha flyttat runt mellan olika lägenheter i Magaluf-området bosatte sig Marcos hemma hos Alba, i en liten och ganska rörig lägenhet i utkanten av Palma. De hade då träffats under två veckor, plus all den tid som de dessförinnan umgåtts via nätet och per telefon. Det var mer än tillräckligt för att tycka att de kände varandra och veta att de var tvillingsjälar. Eller åtminstone trodde Marcos det.

SÖKANDET EFTER ALBA

Felipe återvände till det hus som han hyrt. Hans stövlar var smutsiga och en spetsig sten hade gjort ett litet hål i ena sulan.H an tänkte ringa Hugo men beslutade sig för att skjuta på samtalet i några minuter. Det borde räcka för att han skulle lyckas få fram lite mer information om Alba. Han var bra att hantera nätet. Faktum var att mycket av hans liv pågick där, någonstans mellan telefonen, tangentbordet och monitorer. Det var där han hade flertalet av sina kontakter, utförde de flesta av sina vanliga arbetsuppgifter med mera. Han till och med köpte sina kläder.

Han skrev in namn och efternamn och väntade på att skärmen skulle återkomma med information om Alba, men fick inget napp varför han försökte ändra ordföljden och sen provade att bara använda de två efternamnen. Han fick då hundratals svar, men det var Hugos namn som dök upp – på medicinska sidor, artiklar i vanlig media och även skvallerpress. Felipe försökte då med namn och efternamn men de tre resultaten verkade länka till icke-existerande sidor, varav en var relaterad till det gamla psykiatri-sjukhuset i Palma.

Inget annat. Han sköt ifrån sig den bärbara datorn på bordet framför sig, slängde sig på rygg i den krämfärgade soffan och undrade vad han gjorde för fel. Var det möjligt att någon under detta århundrade inte fanns på internet? eller helt enkelt inte gick att hitta?

Han fällde upp datorlocket på nytt och kollade sin senaste öppna sökning. Där hade nu dykt upp ett meddelande, att "Det är möjligt att vissa resultat har eliminerats i enlighet med den europeiska lagen om dataskydd. Mer information ... " Naturligtvis borde det vara det. Felipe var klar över att det fanns människor som inte ville lämna något fingeravtryck på nätet. Det hade tidigare hänt att han läst samma fras och han visste en del om det europeiska datadirektivet GDPR. Fast, han hade alltid tänkt att det handlat om människor med något att dölja, som hade ett mörkt förflutet eller som just nu behövde skydd och därför försökt att få bort all slags information om sig själva. Men Alba? Även om han mindes henne som en lite speciell tjej, så hade hon inte verkat vara farlig för någon annan. Snarare hade hon varit den typiska flickan som försökt få dem runt omkring henne, att känna sig bekväma.

Men förstås, efter deras föräldrars död och av det som Hugo hade berättat för honom när de var unga, kunde man aldrig veta. Kanske hade hon fått en knäpp eller fått med några av sin mors egenheter, eller kanske fått något i arv från någon annan släkting som han inte visste något om. Felipe hade hört att ärftlighet kan vara väldigt viktig och att det finns sådant som visar sig först senare i livet, om det tillkommer någon utlösande faktor. Eller hade smarta Alba kanske blivit en slags hacker, som man kunde läsa om i böcker eller såg på film? Kanske att alla pengarna, som en gång gjort henne till en rik tonåring, hade fått henne att försöka komma undan all publicitet?

Ju fler tankar som snurrade runt i Filips huvud, desto fler skäl såg han varför någon inte skulle vilja dyka upp på sidor som var tillgängliga för alla. Han kunde förstå att det fanns många som önskade värna sitt privatliv och få tillbaka en del av den möjlighet till anonymitet som verkade helt ha gått förlorad i den digitala världen där hungriga databaser tuggade i sig personuppgifter som man – mer eller mindre frivilligt – delat genom cookies, annonserbjudanden och på annat sätt. Det var också möjligt att Alba helt enkelt hade ändrat sitt namn, kanske i ett försök att distansera sig från sina föräldrar och sitt tidigare liv. Idag räcker det att gå till din stadsregistrering och begära det.

Plötsligt insåg Felipe att uppgiften att hitta sin väns syster inte skulle bli det enkla åtagande som han hade föreställt sig. Han hade inte ens ett aktuellt foto att jämföra med bilderna på Google. Han kom ihåg Albas lockiga röda hår, som nästan strålade när solen lyste på det, och hennes smala kropp, full av blåmärken och skärsår; hennes bleka ansikte, som bara fick lite rodnad på sommaren, och hennes sätt att klä sig, utan stil och omsorg. Alba hade inte visat på någon kvinnlighet eller försökt uttrycka sig genom sitt val av kläder eller sitt kroppsspråk. Snarare var det en tjej vars kropp hade verkat vilja hålla sig inom ett skal och försöka uppta bara några kubikcentimeter av världens yta.

Felipe blev förvånad över dessa funderingar. Det var konstigt att tänka på en barndomsvän på det sättet. Vad händer om hon var död? Tänk om det var därför som han inte hittade något om henne på nätet? Nej, säkert inte. I så fall skulle Hugo vetat om det och även han borde ha blivit drabbad. Efter föräldrarnas plötsliga död hade ju också han fått del av det där stora arvet. En annan möjlighet var att Alba hade gift sig, fått barn och arvingar, utan att Hugo fått veta någonting om detta. Fast, i så fall borde det ha skett någon annanstans än på Mallorca, ön där alla kände alla och höll reda på varandra.

Han ringde Hugo, som svarade honom omedelbart, med orolig röst som lät ovanligt dämpad. Han berättade för Felipe att han inte mådde bra. Han hade i flera veckor känt sig olustig och det hade bara blivit värre sen han fått den där lådan med anteckningsböckerna, som förmodligen tillhörde Alba. Hugo var så rastlös att han de senaste timmarna travat fram och tillbaka mellan soffan och badrummet.

Det lugnade Felipe att Leonor snart skulle komma hem. Han var bekymrad för sin vän samtidigt som han fascinerades av hela den här konstiga situationen. Hans vän var ingen lugn typ, men Felipe kunde inte minnas att han tidigare sett honom fullt så här orolig, inte sedan han blivit tillsammans med Leonor. Han försökte lugna honom, lovade att fortsätta sitt sökande och att de skulle ses så snart han var tillbaka från sin mini-semester.

Felipe hängde upp telefonluren utan att veta hur han skulle

komma vidare och hällde upp ett glas vin från den flaskan han fått av sin hyresvärd. Han öppnade påsen, lät några mandlar falla ner på bordet framför honom och stoppade några i munnen. Medan han tuggade, höll han hårt i vinglaset som han stirrade rakt igenom glaskupan. Det var ungefär som om den skulle kunna ge honom någon vägledning, men glaset pratade inte med honom.

Allt eftersom eftermiddagen led mot sitt slut minskade vinet i flaskan. Det var nästan som om taket tryckte på och skulle kunna krossa hans rygg så han lade sig ner i den halvbekväma soffan. När klockan var nio på kvällen hade Felipe gått in i en slags alkoholdimma där han låg och med bägge händerna höll om en av de rödbruna soffkuddarna. Det var då som han, i ett av dessa ögonblick av sömn- dvala när sinnet kan öppnas även för ens mest otillgängliga minnen, plötsligt såg en bild framför sig. Han slog upp ögonen, reste sig snabbt – vilket påminnde hans huvud om hur mycket vin han hade druckit – och öppnade upp sin bärbara dator. Han var tvungen att fortsätta där han hade slutat och hoppades desperat att det han sökte skulle finnas kvar

KVINNAN SOM KONTAKTADE FELIPE

16 JANUARI 2021

Felipe såg plötsligt för sig de nästan röda hårlockarna, det vitaktiga ansiktet och den smala kroppen. Han kunde tydligt känna igen Alba hos kvinnan som för bara några månader sedan hade bett honom att bli hans vän på Facebook. Vin kan vara en kraftfull aktivator av det som forslats undan till det undermedvetna och med vinet följer ibland en egen datafil, utan behov av någon extern server.

Kvinnan han mindes som en "virtuell vän" hade förvisso varit väldigt feminin och verkat förtroendeingivande. Ändå hade han inte inlett någon konversation med henne och nu var det något som sa honom att hon var samma lilla tjej som han lärt känna i sin ungdom. Det kändes konstigt att han då, när hennes profil dykt upp på skärmen och bett om att få bli en digital vän, inte hade känt igen Alba men just nu verkade det glasklart att det måste vara hon. Han öppnade den sociala app:en och började söka bland sina vänner. Felipe kom inte ihåg vad hon hette, men han var säker på att han skulle känna igen hennes bild. Efter att ha scrollat igenom sin lista, med vad som verkade vara hundratals namn och profiler, dök hon upp. Hennes presentationsbild hade förändrats, men hon hade behållit samma stil och det karaktäristiska rufsiga håret. Hur var det möjligt att han inte hade känt igen henne tidigare?

Där fanns Alba, visserligen med annat namn och påhittad livshistoria, men med samma utseende som alltid. Felipe var ett klick ifrån att återupptäcka sin väns förflutna och sitt eget. Det var något som skulle ha lockat honom oerhört om det inte varit för att han hade smittats av samma rastlöshet som gripit tag i Hugo. Varför berättade hon inte vem hon var? Trodde hon att han helt enkelt skulle känna igen henne? De hade just träffats och hoppades hon att det var han som skulle vara den som tog initiativet till att starta ett samtal för att återuppta kontakt? Han klickade på Francis namn, som betyder "fri man eller kvinna", och väntade på att sidan skulle fyllas med det som Alba där visade av sitt offentliga liv.

LIVET OCH DÖDEN 1

Vad som gör livet värdefullt blir ibland greppbart först när döden kommit hotande nära. Man suckar men kan sen helt oförberedd bli alldeles uppfylld av att känna solens strålar på huden, vattnet på kroppen i den varma duschen, av att se den lilla fågeln som sätter sig på stolen bredvid, katten som kommer för att säga hej, oväntade beröringar av mjuka händer, vinden som försiktigt smeker över ansiktet, en främlings leende i baren, doften av våt jord... Så många ögonblick som omedelbart uppskattas av kropp och själ, stannar kvar och värderas just så högt, som de alltid borde ha gjort ...

Det kan vara tillfällen som då man vet att livet håller på att glida bort, de stunder då smärtan inte längre är outhärdlig. När det uppstått en slags vapenvila, som gör det möjligt för kropp och själ att verkligen klara av att uppfatta vad som finns runtom. Situationer då hela kroppen, varje nervcell och varje centimeter av huden, öppnar upp för att absorbera och fullt ut på riktigt kunna ta in allt runtom, den där yttre platsen som kallas världen.

Kanske är personen medveten om att den tid som finns kvar inte räcker till för att hinna samla på sig mer och än mindre för att tröska igenom det som varit, men ändå är tillräcklig för att med stora bokstäver kunna summera vad man vill göra av det som återstår; tiden som behövs för att fylla det ännu oskrivna arket med vad som är riktigt viktigt och få med de detaljer som gör oss till människor. Vi kan då komma till insikt att det är detta, så ofta ignorerat och förbisett, som är lycka. Det kan vara som om visdom plötsligt trängt sig in i själen och då, som med en rejäl smäll, öppnat ens ögon och uppenbarat det som allt ens sökande tidigare inte lyckats med.

Det är en snabblektion i mindfulness, utan att du behöver läsa böcker eller gå på kurs. Du bara önskar att det var något som du hade lärt dig långt tidigare, men sinnet är envist och skruvat. Vi går ofta på autopilot och rör oss gärna repetitivt och omedvetet i gamla banor. Det är därför som Alba, trots ögonblick av klarsynthet, använder sina smärtattacker för att förlänga plågan, både för sig själv och andra. Dessa sår är frukten av ilskan hos den som känner att eländet har ett slut, hos den som vet att inga fler bilder, vackra eller inte, kommer att läggas upp på näthinnan och vem vet om det är bättre med ett sargat minne, än att lämna ett tomrum fullt av glömska.

ALBAS PLAN - 2020

Hennes planering skedde i ett universum som var en blandning av mörker och ljus, där en teatralisk rikedom blandades samman med hennes dystra föresatser att ta tag i några av de delar som hade betytt något i hennes liv. Hon hade ont om tid och blev slarvig, försummade att diska och bädda sängen, sopa golvet och städa. Hennes sinne arbetade tvångsmässigt, outtröttligt och repetitivt, ofta i cirklar. Hon tillbringade timmar i en gammal fåtölj intill ett fönster med ständigt neddragna persienner och tittade i taket, på golvet – och ingenting.

Ett rutblock med orange kartongomslag fick ta emot en storm av absurda idéer, där det mot slutet bildades en märklig siluett så typisk för en italiensk film, alltså inte utan en viss romantik men full av struntprat. Medan konturerna av en sista scen tog form, betalades hennes räkningar automatiskt och hennes mat anlände punktligt vid ingången till lägenheten, tack vare hemleveranstjänsten som var schemalagd varje vecka i snabbköpet. Den svarade upp mot både hennes basbehov och nyckfulla infall, en del skräpmat och enorma mängder alkohol. De hyresintäkter som hon varje månad inkasserade från sin lägenhet i Gamla stan täckte mer än väl såväl alla hennes nödvändiga som onödiga utgifter. Köpet av den fastigheten hade utan tvekan varit hennes livs bästa investering.

Hon nåddes av Marcos meddelande att han om några dagar skulle återvända hem för att denna gång stanna kvar under vintern, tills hans tjänster som kapten åter efterfrågades. Det fick Alba att skynda på sin flykt från lägenheten. Den var planerad, även om hon skulle ha uppskattat om hon hade haft ytterligare några dagar på sig. Skillnaden kunde inte ha varit större än mellan Marcos tillgivna ord och de känslor som fanns hos den som han trodde var hans livskamrat. Viljan att återvända till sin flickväns armar stod i bjärt kontrast mot ångesten hos den som inte ville se honom igen.

Hon lyfte upp en stor sportväska fylld med kläder, en röd resväska som hon tidigare packat, nödvändiga dokument och nycklarna till Lokal 24 som hon hade köpt i Polígono de Son Oms, i närheten av Palmas flygplats. Hon stängde ytterdörren utan att ens ta ur nyckeln. Inget av det som hon lämnade kvar intresserade henne och hon tänkte inte komma tillbaka.

HUGO OCH DOKUMENTEN - 16 JANUARI 2021

Hugo plockade upp lådan som Flora ställt bredvid avlastningsbordet i entrén och som hade lämnats av en vanlig budbil. Flora hade sett loggan för ett välkänt paketleveransföretag och som mannen hade haft dels på sitt munskydd, dels på ena sidan av sin skjorta. Hon hade hört att det fanns inbrottstjuvar som i dessa knepiga tider använde sig av låtsasleveranser, för att kunna ta sig in i folks hem. Därför hade hon öppnat entrébommen först efter att ha kontrollerat att det här var en pålitlig leverantör. Det var en ganska stor och tung låda, men försedd med sidohandtag som gjorde den relativt enkel att lyfta. Hugo tog med den in till sitt kontor och tänkte att det nog var en senkommen julkorg, eller någon annan slags present från en tacksam patient.

I den bruna kartongförpackningen fanns en annan låda. Den var något mindre, hade lock, var av god kvalitet och mitt på fanns en etikett där det stod "Lådan med kramar" (La Caja de los Abrazos). Då Hugo avlägsnat omslagspapperet såg han ett antal numrerade anteckningsböcker, men de låg inte staplade i kronologisk ordning.

Han tog upp den anteckningsbok som låg högst upp. I högra hörnet var den markerad med siffran 1 som var målad med tuschpenna. Hugo öppnade första sidan och kände igen den där säregna bokstaven, med cirklar över i:na och de slingrande s:n, med utbuktade i:n och långsträckta t:n. Det var hans syster Albas kalligrafi.

Han läste några meningar, bläddrade ett par sidor och läste några rader till. Han tog upp en andra och en tredje anteckningsbok och skummade på samma sätt igenom vad som fanns skrivet – och förstod ingenting. Där dök upp folk som de båda träffat, men också namn på andra personer. Han läste stycken som påminde honom om en svunnen tid, men som framstod förvrängd och avskalad. Sedan började dessa minnesbilder att alltmer suddas ut och ge vika för bisarra beskrivningar som Hugo visste inte kunde vara sanna.

Han letade efter sin mobiltelefon för att skriva till Felipe. Han ville i förstone fråga honom hur han mådde och sen, i ett andra meddelande, be om hans hjälp att hitta Alba. Felipe skulle veta hur han skulle kunna lyckas med det, eller det hoppades han i alla fall. Det paket han fått i sina händer visade att något var fel och något sa honom att han snabbt behövde hitta sin syster. Han såg tiden då han tryckt på 'skicka-knappen' och log. Han var rastlös, men han kunde ändå uppskatta den livets ironi som fick dagens meddelande att sammanfalla med den tidpunkt då han vanligtvis brukade skicka en hälsning till Felipe.

Hugo flyttade på några saker för att få mer utrymme. Sen tog han ut anteckningsböckerna och lade dem på bordet för att skaffa sig en överblick av innehållet i paketet. När han nådde botten av lådan och lyft ur den sista anteckningsboken, såg han ett stort handgjort kuvert som var tillverkat av tidningssidor. Han kom ihåg den sortens kuvert. Under regniga hösteftermiddagar eller kalla vinterdagar, då de båda suttit vid den öppna spisen i vardagsrummet och pusslade eller pysslade, hade det hänt att Alba skapat sina egna brevpapper. Hon hade fått idén från en av de där tjejtidningarna som hon för sina veckopengar köpte varannan vecka, tillsammans med den där sortens godis som såldes i rosa, konformade plastpåsar.

Han öppnade försiktigt kuvertet efter att först ha skalat av det stjärnformade klistermärket som stängde bakre fliken. Han satte sig i stolen och började läsa.

"Hej Hugo,

Hur många år har gått... Jag är ledsen att jag inte har kontaktat dig tidigare. Jag kunde bara inte... Du vet att jag aldrig har varit stolt över mig själv och efter det att våra föräldrar dog så drog sig våra liv i väg åt väldigt olika håll. Jag var rädd att du skulle klandra mig för allt, för din barndom, för att jag gjort dig olycklig... Jag stod inte ut med det. Jag har känt att allt jag rört vid blivit förstört, att det inte längre har något värde och jag ville inte att det skulle hända dig igen. Och ja, det verkar som att jag har lyckats. Jag har klarat att tillräckligt länge förbli obemärkt av dig, så att jag aldrig behöver oroa mig för att jag ska kunna skada dig på nytt. Min käre bror, jag är ledsen. Och tack, tack för att du tog hand om mig tillräckligt länge tills jag kunde göra det själv.

Jag vet att du har klarat dig bra. Jag har hållit mig undan fysiskt, men tack vare internet och dess mirakel har jag kunnat följa i dina fotspår och allt du presterat. Jag är väldigt glad över att ha varit faster och att, vid din sida, ha fått dela picknickar, födelsedagar och alla möjliga minnesvärda stunder, trots att jag varit några timmar försenad.

Med min brorsdotter Emmas inlägg var jag nästan i tid. Det är otroligt hur snabbt unga laddar upp sina berättelser på nätet, även om jag måste erkänna att det tar mycket längre tid sedan filtren dykt upp. Berätta för henne, å hennes fasters vägnar, att hon är väldigt vacker och att hon inte behöver ändra på någonting. Och Tom... Jag slår vad om att du aldrig någonsin trott att du skulle få en son som är längre än du. Han har ärvt din intelligens och förmåga att ta för sig av världen. Jag hoppas att han alltid kommer att vara en lika bra person som du.

Leonor har gett dig det som våra föräldrar förnekade dig och som du redan från början gjort dig förtjänt av. Det var därför det var någon som var tvungen att få dem ur vägen. Och det var därför jag var tvungen att kliva åt sidan och försvinna ur ditt liv, så att de verkligen kunde lämna ditt, utan att orsaka dig mer smärta. Fortsätt att alltid ta hand om Leonor. Hon är en skatt som har fyllt ditt liv med alla sorts rikedomar, särskilt de immateriella vilka, som vi båda vet, är svårast att få tag på. Tacka henne och berätta att jag älskar henne trots att hon tror att jag inte känner henne. Jag uppfattar hennes väsen genom dig, det lyckosken som omger dig.

Jag antar att det är orättvist att jag vet så mycket om dig när jag så länge har hållit dig borta från mitt liv och mina innersta tankar. Det är därför jag lämnar er en bit av min tillvaro skriven på lappar. Där finns den viktigaste delen av livet, det som ingen har känt och det som ingen har sett. Men Hugo fanns, du fanns verkligen. Eller är det inte ens eget sinne, var och ens själ, som skapar alltings existens och mening? Du kanske inte förstår vad jag säger till dig förrän du kommer till slutet av alla bokstäver i mina anteckningsböcker. Och jag är medveten om att det finns många. Men ibland är det mest relevanta gömt i en persons själ och nu vill jag dela det med dig. Med vem mer? Tack käre bror för allt du gjort, för att du lyckats vara glad och tack på förhand för att jag vet att du kommer att förstå och *känna igen mig när du läser det jag skrivit.*

Och vad de som tror att de har träffat mig berättar i framtiden, strunta bara i det. De har bara varit delar av en oviktig väg, nödvändiga för en tom kropps överlevnad och bara nödvändiga för att hysa min själ under denna existens. Kom ihåg att min sanna verklighet bara finns i dessa ord, som jag skickar till dig idag i en pappkartong.

Det här börjar låta som ett farväl... Kanske för att det är det. Om du hittar något annat litet stänk i detta brev, är det spåret av en tår som jag fäller i detta ögonblick. För när jag skriver till dig känner jag att du åter finns vid min sida, ser mig som jag är, som när jag var en liten olycklig flicka som du delade ditt mellanmål med medan du sjöng för att låtsas att allt var bra. Jag hoppas att du känner min famn när du läser detta och att du vänder dig till mig när du behöver det. På ett eller annat sätt kommer jag alltid att finnas där.

Jag vet inte riktigt vart jag är på väg, men jag är övertygad om att det kommer att bli en plats där min själ äntligen kan sluta leva i det fördolda. Jag har inte valt ögonblicket, men jag antar att det blir vid en bra tid.

För alltid. Jag kommer att vänta på dig. Ha inte bråttom. Jag älskar dig."

Hugo lutade sig bakåt och pressade sig hårt mot ryggstödet på sin kontorsstol, medan magen knöt ihop sig och hjärtat sjönk. Först när han lät tårarna ta överhand, fritt rinna nerför kinderna och blöta ner en del av skjortan, kunde han ta ett djupt andetag och släppa loss det som han så hårt hållit inom sig.

Han ville träffa Alba och han längtade efter att få hålla om henne. Han behövde trösta Alba. Och om läsningen av dessa anteckningsböcker skulle göra det möjligt för honom att komma nära och träffa henne på nytt, då var det vad han skulle göra.

Den kvällen ville han inte ha någon middag. Leonor respekterade hans beslut, efter den korta förklaring som Hugo gav henne när hon kom hem, men hon serverade honom en bricka med läsk, ett glas whisky, en blandad tallrik med något lättuggat och lite frukt. Hon lämnade allt på kontorsbordet och gick därifrån lika tyst som hon hade gått in, men först sedan hon gett honom en kram bakifrån och fått omedelbar tröst av att andats in den välbekanta doften från hans hals. Hon visste att hennes man behövde den där ensamma tiden, det där utrymmet och, med all sannolikhet, en vaken natt när hon inte skulle få hans sällskap i sängen.

FELIPE - 17 JANUARI 2021

Efter att ha fixat lite kaffe tog han med sig koppen ut på terrassen till det hyrda huset. Felipe hade tillbringat en sömnlös natt med att granska Francis profil, alltså Alba och hans väns syster. Det var ännu inte gryning och där nere var havet fortfarande lika mörkt som himlen runtom honom – och som hans eget dunkel... Han funderade på att ta en värktablett, tillsammans med en smörgås och kanske ett glas apelsinjuice. För honom, liksom för hälften av mänskligheten, hade C-vitamin i dessa pandemitider blivit en del av hans morgondiet men nu, under några ögonblick, hade han nästan glömt bort covid-19. I det här huset, bortom nästan allt, hade han njutit av livet utan masker och av att få andas ren, ofiltrerad luft.

Han tog ett djupt andetag, spände ögonen och njöt på ett nytt sätt av kaffesmaken i munnen. Han kände sig stolt över att kunna uppskatta allt detta. Hans far skulle ha gnällt på honom för att han kunde bry sig om något så oviktigt, men vid det här laget brydde han sig inte. Han hade börjat lära sig ett nytt sätt att leva på och det var precis det här som han ville ha ut av sitt liv. Felipe bestämde sig för att vänta tills gryningen med att ringa Hugo, men tänkte att han först skulle skriva till honom för att ta reda på om han var vaken och ledig. Som gift hade han själv under söndagsmorgnarna kunnat trassla in sig i sängen och där förlänga tiden på tusen sätt. Han saknade det.

Klockan var 08.30 när han ätit en ovanligt stadig frukost och njutit av den vackra soluppgången, som hade brett ut sig framför hans ögon. Han skickade en Whatsapp till Hugo. Han svarade nästan omedelbart med ett samtal där de utbytte information och bägge kände sig både häpna och lite rädda över vad de fått fram. Det var i sanning ganska olustigt. Felipe beskrev var han befann sig och Hugo gick med på att åka dit omedelbart, laddad med den sista anteckningsboken han hade fått i sitt paket och med den sorg som läsandet hade orsakat. Ja, han kunde köra. Faktum var att hans sinnen aldrig varit så skarpa.

EN FÖRSTA POLISKONTAKT
17 JANUARI 2021

Hugo avsatte exakt så mycket tid som behövdes för att ta en dusch och sätta på sig bekväma kläder innan han böjde sig ner för att ge den fortfarande sovande Leonor en puss på pannan. Han gick sen snabbt ner, plockade upp Albas sista anteckningsbok och begav sig mot bilen – utan att se tillbaka. Den här dagen kollade han inte kranarna, funderade inte på om han hade glömt något viktigt, kände inte av den vanliga klumpen i halsen och tänkte inte på om magen var mer upprörd än vanligt. Han tänkte inte på sig själv, han var inte fokuserad på Hugo. En del av hans hjärna hade tagit kontroll över och skärmat av hans vanliga mani och rädslor. Den hade förvandlat honom till en sorts modig krigare, på väg in i ett det godas kamp för något större. Hans systers liv kunde bero av honom liksom en gammal väns liv, en ungdomskärlek som han aldrig hade avslöjat för någon.

Efter att två gånger ha tagit fel avtagsväg kom han fram till Felipes väg och saktade ner för att undvika de största stenarna på grusvägen som ledde fram till huset. Han hade kört utan att bry sig om utsikten, eller det djupblå havet som spegelblankt bredde ut sig på vänster sida om vägen. Han tog inte ens i sitt medvetande in den vackra, välkomnande fasaden på Felipes hus.

Felipe stod vid ytterdörren och rökte en cigarett medan han väntade på honom. Han välkomnade Hugo med all den värme som man möts av då man träffar en sann vän. Minnet av deras förflutna hade fört dem hit till en gemensam, starkare samtid. Han kramade om Hugo medan han tittade på honom och kollade om han verkade vara okej. De gick in i huset och han fixade kaffe medan han pekade mot soffan. Inget hade ännu sagts. Män kan ha den goda egenskapen att kunna tala med varandra utan ljud och göra sig förstådda utan att behöva veckla in sig i gamla nötta fraser.

Hugo berättade utan uppehåll sin historia. Likt en fördömd skatt som bär på en förbannelse låg anteckningsboken som han haft med sig på bordet bredvid skålen med apelsiner. Felipe lyssnade tålmodigt tills han, när han tillfrågades om resultatet av sina förfrågningar om Alba, förklarade vad han hade upptäckt. Han berättade för honom om Francis, den rödhåriga kvinnan med vilda lockar som hade bett honom bli hans vän på Facebook och som säkert var hans syster...

Det fanns ingen tid för oro eller att bli bestört, för onödiga kommentarer eller någon slags ogillande. Den sista anteckningsboken som Alba skickat var så avslöjande och att snarast följa upp det som hon hade skrivit var den enda möjliga prioriteringen. Eftersom det var söndag bestämde de sig för att först ringa till polisen i Palma, innan de åkte till deras kontor. Båda försökte att så tydligt, sakligt och specifikt som möjligt berätta om det de fått del av och sina farhågor. Trots det tyckte mannen som tog emot deras samtal, att de borde kunna vänta tills nästa dag med att komma till polisstationen. Det vägrade Hugo att acceptera och han lade på sedan han bestämt meddelat sin absoluta avsikt att genast åka dit. Han skulle visa polisen anteckningsboken, än en gång berätta historien för honom och få honom, eller vem som helst som lyssnade, att förstå att någon svävade i livsfara.

Väl framme vid polisstationen slog de sig ner på kanten av några gråa stolar som stod uppställda i väntrummet. Det kändes som en evighet men efter några minuter visades de in i ett litet kontor skyltat med ordet "Klagomål". Polismannen som tog emot dem satt väldigt rak i ryggen och var inte särskilt talträngd. På datorn antecknade han det han uppfattade som mest relevant och ställde frågor allt eftersom han kände att berättelsen blev mer och mer obegriplig.

Efter ett mer än två timmar långt samtal bjöd han dem att läsa och signera att de tagit del av det han skrivit. Han försäkrade dem att han skulle prata med en överordnad och att han skulle göra allt för att Madridpolisen skulle försöka hitta Marta, för att se till att hon var okej men Nej, polisen kunde inte uppge deras väns telefonnummer eller adress. Och ja, på Mallorca skulle de ha ansvaret för att leta efter information om Alba, var hon befann sig och hennes tillstånd. De borde lämna frågan i polisens händer, även om han uppmuntrade dem att rapportera alla eventuella nyheter. Han tackade dem för att de hade kontaktat polisen och följde sen vänligt med dem till dörren innan han återvände till sitt kontor.

Han höjde på ögonbrynen och skakade på huvudet när han passerade sin kollega i receptionen och bestämde sig för att fortsätta sitt smörgåsätande, som han hade avbrutit timmarna innan. Trots historiens bisarra karaktär, eller kanske just därför, bestämde han sig ändå efter ett tag för att lägga tillbaka smörgåsen på aluminiumfoliebiten och ringa sin överordnade.

FÖRSÖK ATT KONTAKTA MARTA

17 JANUARI 2021

Efter att ha lämnat polisstationen gick de till bilen som stod parkerad på en sidogata. Hugo muttrade frånvarande och Felipe funderade på hur han skulle kunna få honom lugn. Han föreslog att de skulle slå sig ner på terrassen vid konditoriet som låg bara några steg från hans bil. Bägge beställde kaffe och i sista stund lade Felipe till en croissant som han visste att Hugo gillade. Han var tvungen att försöka få honom att äta något.

Han uppmanade honom att ringa Leonor så att hon skulle veta att han var OK, eller mådde så bra som just nu var möjligt. Det gjorde Hugo och sa då att det var för komplicerat att ge en sammanfattning per telefon, men lovade att berätta allt så fort han kom hem. "Ja, jag mår verkligen bra. Jag älskar dig också". När han avslutat samtalet tittade han rakt på Felipe och såg hjälpsökande på sin vän. Hans ansikte speglade en blandning av utmattning, uppgivenhet och ilska.

Hugo hade tillbringat gårdagen och hela natten med att försöka ta sig igenom sin systers olika anteckningsböcker. Det hade känslomässigt varit en oerhörd resa och hela hans inre var i uppror. Hur var det möjligt att han inte märkt det? Varför han inte sett att hans syster inte mådde bra och var så psykiskt sjuk? Hur hade han kunnat lämna henne ensam mitt i det där galna kaoset utan föräldrakärlek, som varit deras barndom? Huvudet vickade från sida till sida och han började trumma med fingrarna och få ryckningar i benen. Felipe lade sin hand på hans vänstra axel och fick honom att ta djupa andetag. Han var tvungen att göra något för att se till att Hugo landande i nuet så att de kunde komma vidare.

De visste inte om polisen skulle agera eller, även om de gjorde det, hur de skulle kunna avvärja att något fruktansvärt hände. De visste inte säkert om en eller flera personers liv var i fara. De visste inte när verkligheten skulle möta Albas galna fantasier, eller om det redan hade hänt. Marta satt i stolen på terrassen. Det hade aldrig fallit henne in att hon kunde behöva vara uppkopplad och hon hade inte sin telefon påslagen när Hugo skrev det första av sina meddelanden till henne på Messenger. När han inte fick något svar satt han där och funderade över varför han hade struntat i att fråga om hennes telefonnummer och adress. Kunde det vara så att han omedvetet varit rädd att denna möjliga kontakt skulle kunna få den kärlek han för så många år sedan känt för henne, att blossa upp?

Sedan han träffat Leonor hade han inte velat vara nära någon annan kvinna och han ville aldrig att något skulle riskera att öppna en

Pandoras ask. Han var lycklig och älskade sin fru ofantligt mycket. För några år sen hade Marta och Hugo ändå börjat följa varandra på Facebook, med slentrianmässiga hälsningar till jul och födelsedagar. Allt detta saknade betydelse, särskilt som Hugo knappt använde den app:en och han hade många gånger tänkt radera kontakten. Nu var han tacksam att han inte hade gjort det. "Kom igen, svara, svara", men sedan kvällen innan var Marta listad som offline. Hans otålighet ökade i takt med att allt som hände var att det kom inspelade svarsmeddelandena. Ändlösa timmar förflöt, också sedan de återvänt hem till Hugo och Leonor. Sedan igår kväll var Marta som helt okontaktbar.

Felipe hade ägnat sig åt något, i det här fallet, mycket liknande då han sökte kontakt med kvinnan som påstått sig heta Francis men som de nu alla, utan tvekan, insett vara Alba. Det han skickade nu var inga varningar, utan handlade om omsorg. Han visste att Albas mentala tillstånd var väldigt prekärt och han var fullt medveten om att han, för att kunna nå fram till henne och få henne att kommunicera, var tvungen att väga sina ord mycket noggrant. De sista orden som Alba skickat till sin storebror hade tydligt visat att Victoria, alltså Marta, befann sig i fara och att det hotet var överhängande.

För Leonor, som nu fått del av en mer eller mindre sammanhållen lägesbeskrivning, var det svårt att ta in vad som hände. Hon hade alltid tyckt att hon inte skulle gräva i sin mans förflutna. Det var en del av sitt liv som han inte velat dela med sig av, men nu undrade hon om hon hade haft fel och borde ha insisterat på att få träffa sin svägerska. Det kanske hade varit det rätta att göra, men det hade kanske också kunnat vara förödande för den familj som de så kärleksfullt byggt. Hennes tankar pendlade mellan skuld och lättnad. Hon hade ingen aptit och att hon kom och gick ur köket, men inte ville äta tillsammans med dem, var det enda som för Felipe och Hugo antydde något om Leonors sinnestillstånd. Alla tre kände sig helt slut och Felipe var tacksam över att kunna övernatta där. Ett av barnens rum hade gjorts om till gästrum och stod alltid redo att användas. En av Hugos gamla pyjamasar, från tiden då han burit på några extra kilon, skulle passa honom perfekt.

Efter ett sista samtal till polisstationen, då de fick veta att det inte fanns några nyheter men att de skulle meddela dem om något nytt dök upp, bestämde de sig för att gå och lägga sig och försöka få lite vila.

ALBAS AVSKEDSBREV

"Jag har, hand i hand med andra människor, varit tvungen att besöka oändliga världar för att få behålla dig vid min sida och sedan kunna återskapa vår egen historia. Jag var tvungen att ligga med män som du haft för att stjäla det de tagit från dig, så att jag kunde ge det tillbaka till dig. Du kanske inte såg mig, men jag var där och följde dina steg så att inget skulle gå förlorat på vägen. För att den tillhörde oss, Victoria, dig och mig.

Livet som du känner det har inte varit som du förväntat dig. Det har varit svårt, stundtals vackert, men på intet sätt det du förtjänat. Det var därför jag skapade en tillvaro för dig, för oss, helt vid sidan av de andra, som vid ett eller annat tillfälle lyckats skada oss. Ditt liv med mig har varit underbart, Victoria, och jag kan knappt bärga mig innan jag får berätta om allt det för dig. Du kommer att älska det. Den låda som jag skickade dig innehåller en del av de minnen vi delar, som är lika verkliga som de du upplevt och gjort till dina egna.

Allt kan verka galet för dig men du kommer att förstå så fort vi träffas igen. Att leva mellan två universum har varit min enda möjlighet att ha dig, känna, vara den jag är. Att älska dig och få dig att känna dig älskad…

…Sedan jag fick nyheten har jag inte slutat tänka på det. Det har kommit in i mitt huvud som om det kan påverka mina tankar och vill styra alla mina handlingar.

Om mina dagar kommer att ta slut på grund av att en giftig, obotlig sjukdom har invaderat min kropp, om jag inte kan göra något för att motverka det, eftersom varenda en av mina tillgängliga celler redan har skadats, om det är så, om det inte finns någon återvändo…, jag går inte utan dig, Victoria. Jag kan inte lämna dig här. Jag vill inte gå ensam. Jag vet att du kommer att förstå. Du är den enda som kan förstå det. Vi har varandra som ingen någonsin har haft, och jag vill inte att det ska förändras. Jag kommer inte att tillåta att det ändras. Det kommer inte att förändras.

Jag tänker inte ens fråga om det är okej för dig. Du skulle försöka förneka det uppenbara, min sjukdom, min död så nära, mitt definitiva slut på kanten av stupet. Du älskar mig för mycket för att acceptera det. Men jag kommer att göra det för oss båda.

Av alla våra resor kommer detta att vara den som tar oss med på det största äventyret. Vi har inte sett några bilder från denna plats eller hört historier som bekräftats, vi vet inte vad som väntar oss eller vad som kommer att finnas kvar av vem vi är nu. Det är klart jag är rädd. Det är också därför som jag kommer att skydda dig så att du inte behöver vara rädd, så att du fram till din sista stund inte inser vad som kommer att hända. Jag ska kröna ditt huvud med prinsessdiademet som tillhör dig och vi kommer att träda över den tröskeln tillsammans...

...Jag vet att du snart kommer att träffa mig. Lådan tar dig tillbaka till mig. Och Felipes brev, dolt där det lämnats under våra skatter, kommer att hjälpa dig att hitta mig.

Mitt sinne grumlas av medicin och smärta, bara tanken på att återse dig håller mig vid liv...

... Jag förstår ingenting. Om du redan är här, för att du alltid har

varit här, om du aldrig lämnat... varför väntar jag på dig? Jag förstår

ingenting. Jag är rädd. Ibland när jag läst om det som jag just skrivit

verkar det för mig som att det inte var jag, det var inte jag! Någon

har kommit in i mitt sinne Victoria, har stulit min handstil och har

skrivit med min hand. Titta på föregående stycken! Varför skulle jag

annars be dig komma när du redan är här?

Jag ska lägga ned pennan och inte skriva mer. Jag vill inte att

något om igen ska komma mellan mitt förstånd och verkligheten,

stjäla mina texter och vrida på mina tankar. Det är inte lång tid

kvar, Victoria. Ingen kan skada oss där..."

DEL 3

MARTAS RESA – 17 JANUARI 2021

Det var söndag och Marta var klar över att om hon med största sannolikhet skulle förlora sin anställning om hon inte någon av de närmaste dagarna återvände till arbetet – jobbet där hon skulle sitta med ett headset och både ha det tråkigt och få dåligt betalt. Väl medveten om detta gick hon ändå in på nätet, öppnade en flygapp och bokade en enkelresa till ön som hon älskade och där hennes liv tagit sin början. Hon blev förvånad över biljettpriset, men kom sedan ihåg att pandemirestriktioner och inställda flyg hade gjort det lika dyrt som för några decennier sedan, då resor kostade mer och tillgängliga flyg varit mycket färre.

Hon kände sig som pånyttfödd och bestämde sig för att dra nytta av det var ganska länge sen som hon känt sig så här lätt om hjärtat och full av initiativkraft. Det var som om det hade öppnats nya möjligheter för henne när hon gått igenom den mystiska lådan med alla dess prylar, gåtor och nonsens. Ungefär som en personlig pilgrimsfärd hade det fått henne att ge sig i väg på en resa som var tuff och intensiv, men som hade fått henne att blicka inåt och upptäcka nya vägar.

Många av föremålen hade väckt till liv ett bortglömt förflutet och fantasier om en framtid som aldrig förverkligats. Lådans innehåll hade också påmint henne om ouppfyllda drömmar och upplevelser som nu skulle kunna väckas till liv. Hon var inte längre en ung tjej som blev tillsagd vad hon skulle göra och hennes dotter var inte längre en liten flicka som hon behövde ta hand om.

Marta var nu en kvinna med en ny bok med oskrivna blad, som hon skulle kunna fylla med innehåll och, vem vet, kanske få uppleva en kärlek sammanvävd med tonåren. Det var så hennes tankar gick när hon läste Felipes brev, som hon hittat längst ner i lådan och som berättade om hans kärlek till henne. Det var brev som skrivits för många år sedan och som hon oerhört gärna hade velat få del av då, när de skrevs. Som Felipe själv var hans språk kortfattat, direkt, enkelt och fängslande och han nämnde en specifik dag, kvällen före San Sebastián. Marta mindes de roliga kvällarna och den där dagen, när hon höll honom hårt i handen för att inte komma vilse i folkmassan som trängdes på torgen där konserterna spelades. Var det möjligt att livet skulle ge henne en ny möjlighet? Hade Alba skickat henne alla dessa saker för att hon kände till hennes tonårskärlek för honom och ville förmedla det budskapet?

Hennes flyg skulle gå klockan 9:00 nästa morgon. Hon gick till en närliggande provtagningsenhet och betalade jättemycket för att få det PCR-test gjort, som krävdes för att kunna resa till Mallorca. Resultat skulle vara klart på mindre än två timmar och hon var tacksam för alla pengar som hon under de gångna månaderna hade kunnat lägga undan. Det hade underlättats av att hennes fritidsaktiviteter blivit inskränkta till ett minimum. Dessutom hade hon i månader känt sig trött.

När hon kom tillbaka efter provtagningen tittade hon på klockan och hon insåg då hur sent det var. Hon bestämde sig för att bara packa en liten resväska men att ta med tiaran och kärleksbreven. Till middag åt hon resterna av gårdagens köttbullegryta. Sen gick hon och lade sig och somnade med TV:n påslagen.

MARTA FLYGER TILL PALMA - 18 JANUARI 2021

Incheckrings- och bagageutlämningsområdet på Madrid-Barajas flygplats låg nästan öde. I dessa corona-tider var alla resor som ett slags vådligt äventyr. Minsta nysning eller människor som gnuggade sin svettiga panna möttes av rädsla och misstänksamhet eftersom man inte kunde veta om det berodde på viruset eller om det orsakades av värmen från munskyddet och jackan. Hon visade sina dokument och lämnade sin resväska vid incheckningsdisken. Där satt en markvärdinna med FFP2-mask, bakom en lätt repad plastskärm. Det var svårt men hon försökte göra sig förstådd genom att höja rösten.

Vid passagen genom säkerhetsområdet blev Marta tvungen att till och med ta av sina stövlar. Det kändes jobbigt men sen tog hon rulltrappan ner till ombordstignings-gaten och väl framme hittade hon en tom stol. Bredvid fanns förbudsskyltar så att ingen skulle sätta sig på någon av de två intilliggande platserna. Där lade hon sin väska och kappa innan hon såg sig omkring. Hon kände sig lite pirrig och tog fram sin mobiltelefon för att ringa sin dotter. Hon insåg då att det nog var för tidigt för henne och nöjde sig därför med att skicka ett kort meddelande för att hälsa god morgon, berätta att hon redan var på flygplatsen och att hon älskade henne.

Hon tänkte på rosenbusken som de hade planterat tillsammans. När hon flyttade ut från sitt gamla hus hade hon ryckt upp den ur rabatten och planterat om den i en kruka som hon ställt i den soliga delen av vardagsrummet. Hon hoppades att grejen, som hon hade köpt för att klara bevattningen medan hon var borta, skulle räcka för att blomman skulle överleva. Tankarna for hit och dit och irrade runt i tiden mellan då och nu. Nostalgi varvas med verkligheten, sorger med leenden, goda tider och det förflutna blandades med en lätt oro inför vad morgondagen skulle bära i sitt sköte.

För att kolla tiden tittade hon åter på sin telefon och slogs då av mängden nya meddelanden som dykt upp i hennes Messenger. Det var en app som hon sällan använde. Förmodligen hade hennes namn lagts till i någon mycket aktiv grupp, som hon inte skulle vara intresserad av, men hon tänkte inte bry sig om att ta reda på det. Hon hade bestämt sig för att under några dagar hålla sig borta från nätet och bara njuta av det verkliga livet. Det var länge sedan hon hade haft semester och hon tänkte att viktiga personer hade hennes nummer. De kunde ringa eller meddela sig via Whatsapp. Resten av världen kunde vänta.

Flygvärdinnan meddelade att flyget till Palma var klart för ombordstigning. Dussintals passagerare samlades sedan i ojämna led, lastade med små resväskor, ytterkläder, handväskor – och lusten att flyga. När kön rörde sig framåt blev det påbjudna avståndet om en och en halv meter allt kortare, tills det var närmast obefintligt när de var framme vid slutet av korridoren och flygplansdörren. På planet fanns inga tomma platser och man såg nervösa blickar och en del dolda leenden. I dessa ögonblick kunde man tydligt urskilja de resenärer som de senaste månaderna inte helt hade avbrutit sitt resande och de som nu skulle flyga och betedde sig som om det vore första gången.

Marta justerade bältet, satte väskan på golvet framför fötterna och såg sig om. På andra sidan gången till vänster om henne satt en liten tjej på cirka 5 år. Hon fnissade när hon tittade på henne med sneda ögon och en klar blick. Marta försökte ta emot den känsla av liv som då strömmade emot henne. Hon log och vinkade som hälsning för att så ge tillbaka lite av den gåva hon känt att hon fått av den lilla flickan. Hon drog sen ett djupt andetag och slöt ögonen.

Flygningen var lugn och hon öppnade bara ögonen när det blev läge att få en vy av öns kust från ovan. Dess karaktäristiska former var välbekanta, liksom kvarnarna och gränserna för de olika gårdarnas odlingar, som avlöste varandra när de närmade sig flygplatsen. Planet landade hårt och när det bromsade in sög det till i magen. Flickan bredvid skrattade, viftade med armarna och spärrade upp ögonen. Marta kände att också hennes mage pirrade, av förväntan.

MARTA I PALMA - 18 JANUARI 2021

Efter att ha visat sitt negativa PCR-test, varit på toaletten och sen hämtat sin resväska, var Marta klar att ta en taxi till det boende som hon hade bokat via en semesteruthyrningssajt. Så här års var det bara ett fåtal hotell öppna och hon hade bestämt sig för en centralt belägen lägenhet i huvudstaden, mycket nära havet.

Hennes farbröder bodde på norra delen av ön, i Pollensa, på en liten gård mellan staden och dess hamn. Marta älskade den platsen, så full av historia och med utsikt över obeskrivligt vackra berg. De var som en naturlig vägg för kusten mot det kristallklara, turkosfärgade vattnet. Hon bestämde sig för att skriva till dem inför ett besök. Hon hade tillbringat många veckors skollov med dem och de hade välkomnat henne när hon haft det jobbigt, vilket hon skulle vara dem evigt tacksam för.

De fanns där när hennes mamma dog liksom när hennes pappa fick Alzheimers och försvann in i en parallell värld. De hade då lagt sina egna problem åt sidan och tagit sig tid att lyssna för att hjälpa

Marta att bära hennes smärta och sorg. Hon hade då insett att åldern inte bara kan ge perspektiv på tillvaron. Den kan också lära en att det är möjligt att förbereda sig på att bli lämnad av den man älskar allra mest, inte utan smärta, men att det går att hantera med en slags värdig, vital acceptans.

Hennes lägenhet skulle finnas på tredje våningen i ett hus utan hiss med nycklar under entrématten. Hon gick upp till sitt boende och hittade nycklarna, precis som ägaren hade instruerat henne. Efter en snabb rundtur, då hon drog ifrån alla gardiner och öppnade några fönster, gick hon in i sovrummet, packade upp sin resväska och tog sen en lång dusch. Därute väntade Palma på att återupptäckas av henne och hon kände sig upprymd. Marta valde att byta ut jeansen mot en klänning med bekväma stövlar för det kändes som att den här dagen krävdes något extra.

Hon bestämde sig för att börja med att ta en promenad längs Palmahavet, utmed den speciella parken vid foten av katedralen med utsikt över masterna i de hundratals segelbåtar som där låg förtöjda. Dagen var lite blåsig och hon kände en stark lukt av jod. Längs vägen mötte hon dussintals löpare och rullskridskoåkare. Så kom hon fram till Portixol och blev förvånad över hur snabbt och lätt det hade varit att ta sig dit. Hon beställde en kopp kaffe men det slutade med att hon stannade kvar på lunch.

VÅNING I GAMLA STAN – 18 JANUARI 2021

När Felipe vaknade kände han sig långt ifrån utvilat men gick ner till frukosten, som Flora hade dukat upp. Hugo var redan där och bläddrade i gårdagens tidning. Han hade mörka ringar under ögonen, en orolig blick och det syntes att han hade flera nätter bakom sig med lite sömn. De hälsade på varandra med en lätt nick och ett skevt halvleende. Felipe serverade honom lite mer kaffe.

De båda männen stirrade båda på Leonor när hon strax efteråt kom nerför trappan på klapprande klackar och med en för henne typisk måndagsmorgon-energi. Hon gick fram till dem, frågade Felipe om han hade sovit gott och började sen att snabbt gå igenom om dagens agenda och situationen på sjukhuset. Det var hennes försök att i alla fall en aning liva upp stämningen i rummet.

Leonor plockade åt sig ett scones från bordet och drack några klunkar av sitt té. Sen gick hon fram till sin man, höll i hans underarm och fick honom att se henne i ögonen när hon sa till honom att allt skulle bli bra. "Ring mig om det finns några nyheter, okej? Och även om du behöver något. Jag älskar dig." Efter att ha gett honom en puss på kinden och verbalt sagt hej då till de andra, fortsatte hon med samma raska steg mot bilen och slog igen ytterdörren. Felipe tittade på Hugo som nu svarade med ett brett leende. Leonor hade en förmåga att få allt att verka rätt, även i de mest komplicerade situationer.

Hugo bad Flora att ringa kliniken för att ställa in alla hans möten och säga att han mådde dåligt. Han hade inget riktigt brådskande eller viktigt inplanerat den dagen. Han var inte på humör och kände inte att han kunde jobba. De laddade för att än en gång ringa polisstationen. Nej, det var inget nytt. Klockan 10:00 skulle de ånyo kontakta Madrid för att stämma av om det fanns någon mer information.

Själva bestämde de sig för att Felipe skulle försöka spåra alla Albas fastigheter på Mallorca. Gick det att lokalisera dem skulle de kanske kunna hitta henne där. Han öppnade sin mobiltelefon och fyllde i Albas fullständiga uppgifter på den sida som han brukade använda för företaget, när han behövde dokumentation kring fastighetsregistret. Han begärde brådskande svar via e-post och redan tidigt på eftermiddagen hade de fått begärd information.

De satt bredvid varandra framför datorn i Hugos kontor och försökte komma på något annat sätt, som skulle leda dem till Alba eller hjälpa dem att hitta Marta. De hade kontaktat hennes dotter Julia via två av de mest kända sociala nätverken, men hon hade ännu inte svarat dem och de tyckte att de hade öppnat alla tänkbara kanaler. Det kändes som att all väntan blev evighetslång när de inte kunde göra annat än att hoppas på att någon av deras trevare skulle bära frukt. När de så fick del av e-postmeddelandet med listan över fastigheter som fanns registrerade i Albas namn, satte de fart.

Det kändes som om listan skulle kunna vara deras enda möjlighet, så de tog sina jackor, lämnade snabbt huset och Felipe satte sig vid ratten. Han var väl bekant med Palmas centrum, från de många renoveringar av lägenheter och byggnader han hade utfört där, och det var också där som den lägenheten fanns vilken stod överst på listan. Byggnaden låg i Gamla stan och när de anlände dit, efter att i närheten av fastigheten ha parkerat bilen i en "lastning och lossning"-zon, kollade de adressen på nytt och ringde sen på porttelefonen. Inom kort svarade en kvinna med tysk brytning. Hon hörde namnet på ägaren till sin lägenhet men förstod inte allt de frågade om. De bestämde sig då för att skippa telefonen och gå ner till entrén för att kunna prata med henne direkt, ansikte mot ansikte.

Med hjälp av hennes spanska och den lilla tyska som Felipe talade lyckades de göra sig förstådda och Hugo förklarade att han letade efter sin syster Alba. Kvinnan informerade dem om att hon och hennes man hade hyrt vindsvåningen för cirka fem år sedan. Det hade skötts genom en fastighetsmäklare så de kände inte ägaren direkt. Det var en annan person som skötte allt och det var honom som de kontaktade om de hade några problem. Hon skulle ringa honom och fråga om han kunde ge dem ägarens telefonnummer. De lämnade sitt nummer, tackade för hennes hjälp och försökte få damen att förstå hur bråttom det var att få kontakt med Alba. Just nu hade de bara öppnat ännu en dörr som inte ledde vidare. Alba bodde inte där.

LOKAL 24 - 18 JANUARI 2021

Efter besöket i den byggnad som förefallit vara den mest logiska platsen att börja med så återvände de till bilen. De verkade ha sluppit få en parkeringsbot och fortsatte vidare till den andra fastigheten på listan. Det var en plats nära Palmas flygplats så de körde mot Paseo Marítimo och tog sen ringvägen till Son Oms industriområde. Det visade sig vara ganska svårt att hitta Lokal 24. Den låg på första våningen, men nåddes bara via den bakre rampen på en sidoingång. På dörren hängde ett halvrostigt och olåst hänglås. Där fanns inga synliga fönster och Lokal 24 verkade inte vara tänkt att vara öppen för allmänheten, utan snarare avsedd att användas som ett lager.

De hakade av hänglåset och tryckte försiktigt upp dörren. Där inne var det väldigt mörkt med en frän lukt av mögel och fukt. Felipe slog på mobiltelefonens lampa för att leta efter en strömbrytare på väggarna i närheten av ingången. I stället hittade de el-panelen och slog på huvudströmbrytaren. Det fick lysrören i taket att börja blinka och sen tändes takbelysningen.

Utrymmet var cirka 20 kvadratmeter stort, endast avgränsat av ett mindre rum och ett litet väldigt smutsigt badrum. Det fick de båda männen att känna verklig oro och skräck, både på grund av hur det såg ut och vad det signalerade. De skulle ha trott att lokalen kunde ha tjänat som tillhåll för någon hemlös, om det inte varit för de saker vilka de kände igen som Albas obestridliga egendom.

Det fanns rester av skol-anteckningsböcker liknande de Hugo hade fått, färgglada damkläder i en röra på golvet och överallt låg ruttnande mat och skräp. På väggen satt hundratals fotografier av dem själva och Marta, liksom foton av för dem okända människor. De såg också tidningsklipp från olika platser runtom i världen, collage av utklippta bilder på Alba och Marta och nästan överallt återkom namnet Victoria, upprepat i oändlighet.

Hugo slog numret till polisen medan Felipe uppmanade honom att gå ut, både för att få andrum och frisk luft och för att lämna lokalen intakt för vidare undersökning. Tjugo minuter senare dök två poliser upp, klädda i uniform och munskydd. Efter sedvanliga frågor sa de att de kunde fara hem men att de skulle vara nåbara per telefon ifall ansvarig kommissarie skulle behöva komma i kontakt med dem.

Innan de drog vidare stannade Felipe och Hugo till en stund utanför dörren. De såg hur poliserna gick in och sen lämnade Lokal 24 medan de skickade olika radiomeddelanden. För dem själva fanns där inget mer att göra.

ALBAS PLANER

Alba hade 2015 köpt Lokal 24 när hon bestämt sig för att hyra ut sin lägenhet i Gamla stan och skaffa en mer blygsam bostad åt sig själv. Hon behövde en regelbunden månatlig inkomst men det kändes otänkbart att söka ett jobb. Hon kände att hon omöjligt kunde hålla fokus, inte ens en vanlig dag med olika förpliktelser, och än mindre om det tillkom fler uppgifter att hålla reda på.

Affären med Lokal 24 klarades huvudsakligen av per telefon. För att betala det låga belopp som begärts av ägaren och signera ett avtal hade hon anlitat en Notariebyrå där hon inte var känd. Det hela sköttes närmast anonymt och hade, utan komplikationer, genomförts en hösttisdag när hon inte hade haft något viktigare för sig.

De följande dagarna förberedde hon sin flytt genom att packa sina tillhörigheter i dels de lådor som hon skulle ta med för förvaring i Lokal 24, dels de som hon skulle flytta till en lägenhet i Sometimes-området där hyresavtalet redan var fixat och klart. Det var en anspråkslös lägenhet som låg mindre än 10 kilometer från Lokal 24.

På så sätt skulle hon enkelt kunna promenera mellan sina egendomar, från en värld till en annan, mellan en verklighet och en annan.

När hon i början av november 2020 läste Marcos brev – där han meddelade att han om några dagar skulle återvända till lägenheten och till, som han trodde, deras perfekta relation – visste Alba att det var dags att lämna lägenheten och flytta till Lokal 24.

Då var hon redan medveten om sin obotliga sjukdom och att hennes dagar var räknade, men som enda vittne till hennes tankar och idéer fanns hennes rutblock med orange kartongomslag. Där beskrev hon sin enda bärande idé, som skulle utlösa en serie händelser lika fulla av ytterligheter, som präglat hela hennes liv.

PORTIXOL - 18 JANUARI 2021

Marta hade ett bord med havsutsikt och det kändes som att det i sig gjorde att hennes avokado- och räksallad blev ännu godare. Hon fick sen det kaffe hon beställt tillsammans med den chokladboll hon bestämde sig för att unna sig, som belöning för morgonens långpromenad.

Tvärs över gatan såg hon hur en kvinna och man hälsade varmt på varandra. Av det hon kunde uppfatta av deras samtal var de syskon som tydligen inte setts på länge och nu passade på att 'komma i kapp'. Mannen hade en släpig röst och det var nästan som om hans ord klängde sig fast vid varandra, som i en lång kedja. Han talade korrekt och i regelbunden takt men hans röst saknade energi, utan både tonala höjningar och fall. Det skulle nästan ha varit tråkigt sövande att höra honom prata, men inte på grund av det han sa. Det var ovanligt intressant, men hans tal var verkligen extremt monotont och han pratade utan magstöd.

Kvinnan däremot var livlig och glad, både då hon talade och i sitt kroppsspråk. Den disharmoniska kontrasten dem emellan var så fascinerande att det blev nästan omöjligt för de i omgivningen att inte lyssna på deras samtal. Mannen berättade om sin senaste resa till Salamanca där han hade varit på ett möte om kriminologi. Det lät lika spännande som en kriminalserie på TV. Kvinnan nämnde att hon samma eftermiddag skulle fara till Bryssel för att där träffa ett stort europeiskt företag angående ett samarbeta om miljöledning. De verkade båda ha intressanta och annorlunda jobb.

Marta bad om notan. Efter att ha betalat reste hon sig men fastnade med sin vänstra fot när hon vände sig om för att ta sin jacka, som hon placerat på stolsryggen. Det fick henne att tappa balansen och väskan föll i golvet med en hög duns. Marta plockade upp sakerna från golvet och stoppade tillbaka dem i väskan, men upptäckte då att skärmen på hennes mobiltelefon hade spruckit. När hon klickade på telefonen såg hon hur hela ytan var som täckt av en massa olikfärgade linjer. Telefonen gick inte att använda.

KONTAKT MED JULIA – 18 JANUARI 2021

Det var Felipe som körde när de for tillbaka till Hugos hus medan Hugo allvarligt tittade ut genom fönstret och samtidigt höll ett öga på sin mobiltelefon. Innan de svängde av vid den tredje avfarten efter rondellen, som skulle ta dem tillbaka till staden Esporlas, såg de hur telefonens display lystes upp av ett meddelande som skickats från en av alla dessa sociala plattformar. Det var Julia och Hugo var snabb med att klicka på texten för att kunna läsa hela innehållet.

Julia hade skickat en artig och glad hälsning men Hugo skickade ett torrt, extremt kortfattat svar och frågade på nytt var hennes mamma var. Det var knappt att han hälsat tillbaka och den tystnad som följde antydde att Julia både blivit misstänksam och lätt förvirrad. Så, Hugo drog ett djupt andetag och lade till ett enkelt: "Det är viktigt." Efter ytterligare några sekunder kom ett svar där Julia förklarade att hennes mamma hade rest till Mallorca där hon tänkt stanna några dagar för att koppla av.

Hugo slöt ögonen, tittade ner och rörde med en svettig, darrande vänsterhand vid sin tinning. Hans ansikte var blekt och det kändes som hans hjärta skulle sluta slå. När de närmade sig bergen bröts så förbindelsen och Hugo var nästan tacksam för de minuter det skulle ta innan de återfick kontakten. Det skulle ge honom en stund för att kunna tänka ut ett lugnt svar och återhämta lite av den kraft som skulle krävas för att klara av att möta resten av denna eftermiddag.

När de kommit fram till huset och parkerat på kullerstensgatan vid entrén, var det Felipe som tog upp sin mobiltelefon för att ringa Julia och tacka för att hon hört av sig. Han frågade också lite stillsamt om hon visste var på Mallorca som hennes mamma planerat att tillbringa sin semester och om hon kunde ge honom hennes telefonnummer. Julia svarade att mamman sagt att hon skulle bo i en semesterlägenhet någonstans i centrala Palma. Hon skickade över Martas mobilnummer och började sen artigt att avsluta deras kommunikation eftersom hon var tvungen att plugga. Felipe tackade, gav henne sitt nummer, sa tillgivet adjö och önskade henne lycka till. De ville inte oroa henne och hade ju äntligen fått Martas kontaktuppgifter.

Hugo nästan ryckte telefonen från Felipe för att trycka på det angivna telefonnumret. Det kopplades automatiskt in i samtalsläge, men en röstbrevlåda lät meddela att mobiltelefonen var frånkopplad eller ur funktion. Han ringde igen och sedan en tredje, en fjärde och till och med en femte gång, tills Felipe tog luren ifrån honom. Med en blick och en lätt huvudnickning bjöd han sen honom att komma in i huset.

Han la en hand på sin väns slokande axel och hjälpte honom

uppför trappan. Han hoppades att Leonor skulle vara hemma för att stötta Hugo, men också honom själv. Han tänkte på hur hans dagar av avkoppling i en stuga vid stranden hade förändrats och förvandlats till en oväntad jakt på svar. Och han kom ihåg hur Hugo sett på Marta när de var unga.

SAMTAL MED POLISEN – 19 JANUARI 2021

Efter en längre stunds väntan, då de slussats runt från en sektion till en annan och fått tala med två stressade poliser, lyckades Felipe och Hugo komma fram till kommissarie Martín. Det var han som var huvudansvarig för fallet och kommunikationen kring detta.

Det hade blivit kväll, klockan var redan nitton, himlen var mörk och den för ön så typiska vinterkylan trängde genom märg och ben. Det var bara en väldigt varm dusch som kunde få den att släppa greppet, men de tre samtalsparterna hade det bekvämt; en satt på polisstationens centralkontor och de andra två hemma med mobiltelefonen i högtalarläge där de satt hemma hos Hugo, framför den öppna spisen i vardagsrummet. Hugo och Felipe tittade på varandra när de hörde kommissarie Martín inleda med orden att "jag skulle just till att ringa dig" och utan att invänta vad mer han hade att säga berättade Hugo om det som de hade upptäckt. Han informerade kommissarien att de, efter att ha lyckats få kontakt med hennes dotter, fått fram Martas telefonnummer men att hon verkade vara off line.

Kommissarien tackade honom för upplysningen och informerade i sin tur dem om att flera av öns kriminaltekniker gick igenom Lokal 24, att de hade turen att i utredningen få hjälp av sin mest erfarne polisinspektör och att han hoppades att snart kunna ge dem fler nyheter. Han berättade samtidigt att de inom kort skulle få besök av en patrull vilken skickats hem till Hugo för att hämta de manuskript som Alba hade skickat till sin bror

KOMMISSARIEN OCH FYNDET

19 JANUARI 2021

I flera dagar hade polischefen, kommissarie Martín, fått klart mindre sömn än de knappa sex timmar som han var van vid. När de ringde honom klockan sju på morgonen för att meddela att man hittat en kropp så hade han redan ätit frukost och tagit en ordentlig dusch, efter en fyrtio minuters joggingtur.

Hans lägenhet, där han bodde med sin nyfunna partner, fanns på en gata i anslutning till gamla Palma Matadero. Det var ett område med fullt av barer och prisvärda restauranger och låg mycket nära hans arbetsplats på polisstationen. Han hade träffat Ana på San Juan Market, som tills nyligen funnits i det gamla slakteriet men som nu tvingats stänga ner permanent då pandemin gjort det omöjligt att fortsätta. Det var en vacker byggnad där det tidigare även funnits ett lokalt ölbryggeri och flera olika tapasbarer. Polischefen var en god berättare och Ana hade skrattat gott åt hans skämt medan de väntat på att några minihamburgare skulle få önskad färg. De båda hade börjat prata och sen slagit sig ner vid samma bord, ätit flera tapas, druckit en hel del vin och utbytt blickar, som slutat med att de hamnat i samma säng.

Sedan några år tillbaka var de bägge frånskilda, hade vuxna barn och varsitt tomt hus där ingen väntade på dem eller med middag. Så, när pandemin gjorde att Spanien den 14 mars stängde ner, bestämde sig de båda för att dela mer av sin nyvunna lycka. De kände båda att de dragit en vinstlott och ville nu dra nytta av den slump som fört dem samman och bjudit deras liv på så många sköna och roliga stunder.

Enligt Ana var hon helt beroende av att få nio timmars sömn och hon vilade fortfarande i sovrummet. Innan polismästaren träffat henne hade han ofta tagit de sömntabletter som hans läkare ordinerat men deras samvaro, hennes kramar och att lakanen nu hade hennes doft räckte för att ge honom ro.

Kommissarie Martín skyndade sig att ta sin ryggsäck och lämna lägenheten, men stannade först upp och tog sig en titt på kvinnan som låg och sov i hans säng. Det var hon som gjorde livet värt att leva, hur jobbig dagen än var. Sen förflyttade han sig snabbt till polisstationen, där hans män redan var bänkade och väntade på chefens redogörelse för hur han tänkt lägga upp dagens arbete.

MARCOS I ARRESTEN – 19 JANUARI 2021

Marcos var stamgäst på en välkänd bar vid Paseo Marítimo. Det var också där han befann sig då två uniformerade män kom in och frågade efter honom medan de visade på en skärm med hans foto. När de hittat honom och fått bekräftat att det var han så bad de honom följa med dem till polisstationen för att där få ställa några frågor till honom.

Marcos tog glatt farväl av sina vänner och servitören. Han var belåten för de öl som han hade druckit och var samtidigt helt övertygad om att han inte gjort något tillräckligt allvarligt för att behöva oroa sig. Han tänkte att de förmodligen sökte information om hans chef, som kanske hade något skattemässigt problem att reda ut, men hans jobb var ju att vara kapten och köra fartyget. Han engagerade sig inte i saker som inte berörde det arbetet, så han småpratade glatt han när han följde med poliserna till patrullbilen.

När han väl satt sig där bak i polisbilen tog han ner fönstret något för att få lite luft. Det fick honom att känna sig mindre yr och han kom då att tänka på, att det kunde finnas en annan anledning. Han hade själv gått till polisen för att anmäla Francis försvinnande, men han hade inte hört något sen dess och hade försökt att glömma alltihop. Han hade verkligen känt sig vilsen och sårad när det visat sig att ingenting av det hon hade berättat för honom var sant, men hans nyvunna vänner hade försökt få honom att glömma henne så snart som möjligt. De berättade för Marcos om några liknande fall för att hjälpa honom att förstå att han alls inte var den första och enda människa som blivit utnyttjad för pengar, kärlek eller sex.

Hans blick mörknade när han tänkte på det hela och sa då med hög röst hennes namn, "Francis", vilket fick föraren och den andra polisen att titta på varandra. Alla de som kände till utredningen visste ju att Alba och Francis var samma person och den ena av poliserna vände sig om mot Marcos och sa att de i lugn och ro skulle prata om allt på polisstationen. Marcos svalde, blev fundersam och tittade med böjt huvudet ned på sina knän. Hans mage var i uppror, men det berodde nu inte längre på ölen. Han kände ett rejält obehag av att återigen bli påmind om kvinnan han älskat så högt, men som hade orsakat honom så mycket smärta. Han såg arg ut när han undrade om hon hade gjort samma sak mot andra män. Kanske var det därför polisen ville prata med honom? så att hans ord kunde registreras som ytterligare ett vittnesmål mot hennes grymma och perversa agerande.

Det där uttrycket av ilska och förbittring var som insvept i en enda men bestämd blick. Den noterades tydligt av den polis som inte körde och det ansiktsuttrycket skulle inte vara till Marcos fördel under kommande, ändlösa timmar av förhör. Sittandes framför ett grått metallbord i en gammal, obekväm stol av järn och laminat bjöd två poliser honom på vatten, en kaffe och en smörgås. De förutsåg att natten skulle bli lång och förstod att Marcos skulle behöva känna sig bekväm och vara alert nog för att kunna prata.

Hela förhöret filmades via en kamera i rummets vänstra hörn, medan samtalet spelades in med en mikrofon kopplad till en dator. Marcos gick från en känsla av avtrubbning till ilska, från tystnad till tusen förklaringar, från misstro till rädsla. Hans kaotiska budskap blev som en kakafoni tillsammans med de fynd man gjort; hans fotavtryck och spår, som fanns över hela den lägenhet som Alba hyrt, jämte hans förtydliganden om varför han delvis hade fixat och städat lägenheten innan han gick därifrån, hans fullständiga och uppenbart bristande insikt om vem hon var, det faktum att ingen skulle ha sett Alba igen sedan den 5 november, hur sent det hade blivit...

Allt detta, samtidigt som han var trött och plågades av nervösa sura uppstötningar, fick kommissariens intuition att skicka varningssignaler och han bestämde sig för att Marcos skulle hållas kvar på polisstationen över natten. Marcos fick en kudde och mot kylan en tung, noppig, grå filt. Där fanns en obekväm brits och rummet fungerade som en cell, om än i en något humanare tappning. Nervositeten sköljda genom varje cell i hans kropp men det hindrade honom ändå inte från att stänga in sig i en bubbla.

Redan som barn hade Marcos i stunder av anspänning kunnat

skärma av sig från omgivningen vilket hjälpt honom att på ett konstruktivt sätt kunna samla sina tankar. Dessutom var den här britsen nästan bekvämare än den säng i båtkabinen som han var van vid. Så, han lade sig ner, blundade och efter tjugo minuter hade han somnat och sov djupt.

LOKAL 24 – 18 JANUARI 2021

Kriminalinspektör Bonet kunde inte sluta tänka på det aktuella fallet. Han glömde inte ansikten och kvinnan, som förekom på nästan alla dessa fotografier, föreföll honom väldigt bekant. Ända sedan barndomen hade han varit väldigt uppmärksam på detaljer. Troligen hade han någon slags diagnos, men det här var en av de färdigheter som var honom till stor nytta av i hans arbete då han samlade in och analyserade information.

Han var ingen sällskaplig person. I själva verket undvek han helst kontakt med andra människor, om det inte var absolut nödvändigt, men han trivdes gott med sitt jobb och hade medverkat till att lösa hundratals fall. Bonet hade precis kommit tillbaka från Salamanca, hade fortfarande semester och hade inte förväntat sig att så snart bli kontaktad för att hjälpa till att försöka lösa ett problem. Men, han var barndomsvän med kommissarie Martín och visste att om han hade ringt honom, och därmed avbrutit hans ledighet, så var det något angeläget.

Assistenterna som Bonet fått till hjälp förblev tysta. De observerade kriminalinspektören när han i Lokal 24 gick från ena sidan till den andra och studerade de fotografier som hängde på väggen. Ibland stannade han upp en längre stund och rörde sig sen närmare och längre bort, på ett till synes slumpartat sätt. I vissa ögonblick verkade han fastna med blicken, han ritade cirklar och det såg nästan ut som att han band samman linjer i luften. Efter några timmar bad han assistenterna att i lådor lägga ner det material han pekade ut och ta det med till kontoret, som han hade fått sig tilldelat på polisstationen. I övrigt följde man alla, för ett sådant här fall, gängse rutiner och de nödvändiga fotografierna hade redan tagits, liksom fingeravtryck.

Han talade ännu långsammare och mer entonigt än vanligt, vilket av hans assistenter tolkades som att han klivit in i ett slags dubbelt arbetsläge. I hans fall handlade det om ett enormt snabbt, oavbrutet associationsflöde, samtidigt som en liten del av hans hjärna ägnade sig åt att kommunicera med omvärlden, för att svara upp mot dess krav. Den som inte kände inspektören skulle tycka att hans tråkiga röst knappast var värd att lyssna till, men de som träffat honom ofta visste att det helt enkelt var så han lät och kunde inte låta bli att känna en viss fascination.

Väl framme på polisstationen satte Bonet i gång med att skumma igenom de anteckningsböcker som hittats i lokalen. Han bad också om att så snart som möjligt få ta del av de böcker vilka de fått av mannen, som hade larmat polisen och inlett hela denna utredning.

Likt ett pussel behövde flera delar fogas samman för att förstå den kvinna som fyllt väggarna i Lokal 24 med foton och försöka få en helhetsbild av hur hon tänkt.

KROPPEN HITTAD – 19 JANUARI 2021

De fyra cyklisterna hade bara stannat för ett mellanmål vid ett stenhus bredvid en övergiven väderkvarn utan blad. De hade inte kunnat föreställa sig att de där skulle hitta en stel, livlös kvinnokropp. Det var en grupp tyska turister som i januari varje år brukade komma till ön för att under några dagar cykla runt i landskapet med blommande mandelträd. I januari 2021 var blomningen nästan över och Mallorcas vita snö hade färgat de flesta fälten i vitt och rosa.

Hans, den äldste av de fyra cyklisterna, var en ganska storvuxen man med kraftiga, muskulösa ben. Det var han som upptäckte kroppen och såg en prinsessa vars historia inte hade slutat som i berättelserna. Kvinnan var klädd i en rosa tyllklänning som liknade flickors karnevalskostymer, fast modell större. Genom en reva syntes höga stövlar av brun mocka. Kroppen låg med ansiktet nedåt med håret spritt över ryggen. En del av ansiktet var blottat och hade ett uttryck av förvirring. Över hela hennes kropp fanns rispor och fläckar av blod och lera.

Hans rörde försiktigt vid hennes handled för att leta efter en puls och när han konstaterat att hon var död berättade han för sina kollegor och larmade polisen.

VEM ÄR KVINNAN – 19 JANUARI 2021

På en plats med en ganska begränsad befolkning och ett fungerande hälsosystem går det vanligen snabbt att få till en obduktion. Under en pandemi är läget ett annat och inspektör Bonet kontaktade därför ansvarig jourhavande läkare på sjukhuset Son Espases, dit kroppen hade flyttats. För att betona vikten av ett snabbt obduktionsresultat berättade han att det kunde röra sig om ett mord.

Dr Aguiló var den rättsläkare som anförtrotts uppgiften. Han lyfte bort kvinnans peruk och placerade den på brickan till höger om sig, i en behållare avsedd för allt icke-biologiskt material från kroppen. En livlig musik fyllde rummet med en regelbunden rytm som obducenten tyckte underlättade hans arbete genom att fungera ungefär som en moderniserad metronom. Inspektör Bonet väntade på honom i ett angränsande rum i en slags förhoppning att närheten till offret skulle underlätta för honom att förstå henne bättre. Han hade på sig latexhandskar och en extra mask och höll blicken fäst i golvet, samtidigt som hans högra fot stampade i golvet i takt med musiken.

Efter att ha genomsökt platsen där kroppen hittats tyckte han sig ha en ganska klar uppfattning om händelseförloppet. Trots det kände han ett behov av att vara nära den person som befann sig på andra sidan väggen och som han visste hade känt sig helt hjälplös i sina sista stunder av livet. Det återstod att se om hon då också hade varit ensam eller om någon annan hade förseglat hennes öde.

LIKET - 19 JANUARI 2021

Det kan vara en av livets svåraste prövningar, att behöva identifiera den livlösa kroppen hos en syster som man aldrig sagt adjö till och som man inte haft kontakt med under många år. Smärtan kan bli som knutor i musklerna och de mest vitala organen, påverka blodflödet genom kroppen och hindra nervsystemets normala funktion.

Genom att läsa Albas anteckningar hade Hugo på något sätt försonats med hennes livsöde. Ändå var han som förlamad av ilska, skuld och smärta. Han kunde vare sig förmå sig att tala, känna eller gå och Felipe hade följt med honom och hållit honom under armarna när han höll på att falla. Det var inte så att han höll på att svimma men hans kropp kändes fullständigt avdomnad. En sköterska fick honom att ta ett starkt lugnande medel tillsammans med lite persikojuice, som han drack genom ett sugrör. Sedan inträdde en absolut förnekelse av vad som hänt. Han grät inte, han pratade inte och Hugo rörde knappt på huvudet när de ställde frågor till honom. Han ville bara stanna där bredvid henne, Alba, som fanns några meter bort men åtskild från honom av mer än en vägg.

Felipe hade i all hast ringt till Leonor, som snabbt kom dit. Hon kramade sin man, höll om hans huvud och tryckte det hårt mot sitt bröst. Efter några minuter reste sig Hugo upp och tittade rakt in i sin frus ögon och hon såg en enorm tomhet i hans blick med dess stora pupiller som gjorde hans ögon väldigt mörka. Leonor kände sig alldeles förkrossad men kysste honom och bad honom att hämta lite vatten till henne. Hon visste att det för människor i kris kan vara till hjälp att få en känsla av att på ett eller annat sätt vara till nytta. Hugo var skakig men reste sig, fast besluten att ta sig bort till andra sidan av rummet där läsk-maskinen fanns. Leonor slöt ögonen, höll tillbaka tårarna och när hon fick flaskan av sin man log hon tacksamt, så gott hon kunde. Hon delade sitt vatten med honom och smekte försiktigt hans ansikte och spända nacke. Beröringen av hennes händer gjorde att Hugo fick tillbaka känseln och kunde äntligen börja gråta.

Felipe befann sig i ett tillstånd av absolut misstro. Han bytte nervöst ställning och visste inte om han skulle sitta eller stå. Även om alla inblandade de senaste dagarna hade fruktat något hemskt, var han väldigt chockad av det faktum att det nu blivit något verkligt. Allt kändes helt surrealistiskt och ännu var det inte över, så han kämpade för att få sina känslor under kontroll. Ännu visste ju ingen var Marta var eller i vilket skick hon befann sig och alla fruktade det värsta. Han ville absolut inte föreställa sig sin väns livlösa kropp, begravd i den våta jorden eller övergiven under några buskar. Ändå, eller på grund av det, var det dit hans tankar hela tiden återvände.

Han bestämde sig för att han behövde något konkret att göra och kontaktade diskret kommissarie Martín. Då Felipe lämnade rummet, där han väntat tillsammans med Leonor och Hugo, signalerade han till Leonor att han skulle ta sig till det rum som polischefen hade anvisat.

FELIPE, KOMMISSARIEN OCH INSPEKTÖREN

Mannen bredvid kommissarie Martín presenterades som inspektör Bonet, kriminalexpert med ansvar för att utreda omständigheterna kring fallet. Han gav ett intelligent intryck men framstod för Felipe som ganska färglös.

Man berättade att Alba var död, men att ingenting var känt om Marta. Felipe frågade hur noga de hade undersökt platsen där Alba hittats, runt det övergivna stenhuset och kvarnen, och svaret var tydligt; området var inte så stort och det hade finkammats. De hade hittat spår av blod inne i huset och även rester av blod i buskarna runt om, men att allt tydde på det bara kom från en enda persons och att analyserna talat för att det enbart var Albas blod. Även det stora "V" som fanns på väggen verkade vara skrivet av Alba. Felipe kände sig först lugnare, men slogs sedan av en hemsk tanke. Han undrade om det kunde ha varit Marta som hade dödat Alba, kanske i ett försök att försvara sig och rädda sitt liv? Tänk om det var därför de inte kunde lokalisera henne, eftersom hon hade flytt i panik efter det som hade hänt?

Efter de senaste dagarnas sömnbrist och allt som hänt var Felipe så upprörd, att han kände det som att allt verkade vara möjligt. Inspektör Bonet, som uppmärksamt och tyst iakttagit honom, tycktes läsa hans tankar och sa att: "Marta har inte haft någon avgörande roll för hur den här historien slutat, åtminstone inte personligen. Jag kan ha fel, men jag tvivlar på det. Du kan vara säker." Inspektörens monotona röst, platt och utan känslor eller toner, fungerade oväntat som en balsam för Felipe. Inspektörens ord och hela hans intelligenta framtoning ingav förtroende och Felipe bestämde sig för att han inte hade något att förlora på att lita på honom. Ångest bjuder inte någon lösning på okända eller kommande problem och grubblerier är inte till hjälp för att kunna lösa svårigheter. Precis som han så många gånger hört sin far säga visste Felipe, att i komplicerade situationer "bör man ta hand om sig själv, inte oroa sig" och nu var det andra, mycket dugliga människor, som tog hand om allt.

Felipe gjorde sig redo att lämna sjukhuset, men tog först ett kärleksfullt farväl av Leonor och Hugo som hade återhämtat sig något och nu ville åka hem. Han behövde sova och kände sig plötsligt extrem trött på grund av de senaste dagarnas sömnbrist, de lugnande tabletter han fått och känslan av att behöva fly från en fullständigt vidrig verklighet. Hur det än var så följde Felipe med dem till bilen och hjälpte Hugo att sätta sig i passagerarsätet. De skulle hålla kontakt och där hemma fanns Flora för att ge dem allt sitt stöd.

Felipe tog sig en våning ner, till sjukhusets labyrintiska parkeringsplats, men han var så utmattad att det tog flera minuter innan han hittade sin bil. När han äntligen öppnade dörren och sjönk ner på förarsätet bestämde han sig för att på väg tillbaka till huset stanna till för att köpa en hamburgare med pommes frites och en stor glasstrut med extra choklad. Han visste att han skulle få hjälp att hitta en viss balans i tillvaron när han väl kom hem och åter fick andas frisk luft och höra havets brus.

Den kvällen skulle han kanske ha föredragit att ha sällskap. Å andra sidan uppskattade han ensamheten och egentligen ville han bara sova. När man vant sig vid att leva utan partner är det ofta så att man inte alltid vet om man vill ha sällskap eller vara för sig själv.

UPPLÖSNING – 22 JANUARI 2021

Inspektör Bonet och kommissarie Martín kom fram till att kvinnan hade avlidit utan någon annans medverkan. Rättsläkaren hade inte funnit några tecken på våld eller något annat som talat för att hon blivit mördad. För det talade också de spår man funnit, både på platsen där kroppen hittats och i omgivningarna. Så de släppte Marcos, som omedelbart gick till baren efter att ha stannat till i sin lägenhet, tagit en lång varm dusch och bytt till rena kläder. Han visste att hans vänner skulle vara där och han var ivrig att få berätta vad han varit med om. Han behövde få sig några öl för att släcka sin törst och döva sin ensamhet.

Det verkade alltså som att Alba, i slutfasen av sin sjukdom, hade bestämt sig för att avsluta sitt liv. Det var osäkert vad som utlöst den dödliga hjärtinfarkten, men det kunde ha varit något ämne som det inte längre var möjligt att påvisa. I Lokal 24 hade flera mediciner hittats som hade kunnat orsaka ett hjärtstopp, men kanske att det var hennes grundsjukdom som helt enkelt gjort att hennes kroppsfunktioner nått vägs ände? Det är också möjligt att Alba, när hon anlände till det övergivna huset och såg att Victoria inte riktigt fanns där för att göra henne sällskap under den sista resan, inte klarat av att hantera den insikten och att det hade varit därför som hennes hjärta slutat slå.

ISCENSÄTTNING AV SISTA RESAN

Det visade sig att Alba noga hade planerat sin sista resa. Man hittade senare en skiss över den iscensättning som hon hade tänkt sig för sin hädanfärd. Den fanns nedskriven i en orange anteckningsbok och där framgick också Victorias roll som en nödvändig medaktör. Kanske var det därför Alba hade klätt sig som prinsessa och krönt sitt huvud med en peruk och ett färgglatt diadem? Kanske hade hon för sin sista stund tänkt sig en förening av de två, till ett par utan vilket hon inte kunde stå ut med livet och omöjligt kunde dö i stillhet? När de hittade Albas kropp fanns i hennes ansikte ändå ett uttryck av ett lugn och en stillhet, som om hennes öde äntligen hade gett henne den frid hon längtat efter.

Hon skulle aldrig ha bestämt sig för att ta sitt liv om hon inte hade sett sitt slut så nära. Alba hade älskat att leva trots sina svårigheter, sin känslomässiga berg- och dalbana, sin ensamhet och sin galenskap. I den tillvaron hon skapat hade hon kunnat andas och njuta av en chokladkaka och för att inte missa något hade hon till och med sett till att kunna följa med i sina älskades liv, trots sorgen över att inte kunna finnas med vid deras sida. Alba hade alltid tyckt att det funnits något litet att kämpa för, även om det där lilla var en bit choklad och att hon fick äta den i ensamhet. Det går att dikta ihop något man inte har och ibland kan galenskap vara en spegling av ett feltolkat förstånd.

Alba hade i god tid, en dag då hon tyckt sig vara klar i huvudet och kontakten med omvärlden inte känts alltför smärtsam, förberett de lådor som hon skickat till Marta och Hugo och hade gett transportföretaget exakta instruktioner. Det var förberedelser som gjorts med tillgivenhet från någon som inte vill lämna detta liv men som visste att hon måste släppa taget. Det var därför hon kallat dem så, Lådor med kramar (La Caja de los Abrazos), för att hon hade fyllt lådorna med de kramar som hon skulle ha velat ge dem men som hon, av rädsla, inte delat.

Det var kanske det enda Alba ångrade, att hon inte gett fler kramar till de människor som var viktiga för henne. Resten hade annars varit bra. Berg-och dalbanor hade alltid varit en del av deras speciella nöjespark.

AVSLUTANDE TANKAR

MARTA - 15 JANUARI 2022

Hon hade tagit av sig skorna och satt nu och dinglade med fötterna i vattnet, som var så klart att man såg havsbottnen där nedanför. Det var soligt och även om vattnet var kallt så var det värt att få njuta av detta ögonblick. Hon blickade ut över det vidsträckta sandområdet där det var tomt på utländska besökare. Havsviken skyddades av Alcudias och Artás kuster och hade nu en intensiv turkos färg i en mängd nyanser. Långt bort såg hon ett gäng surfentusiaster som njöt av vind och vågor. Det var en lördag med sol, få moln och ett hav som bjöd upp till lek. Marta tittade på dem och log samtidigt som hon tog ett djupt andetag, andades ut och slöt ögonen.

Det var nu ett år sedan hon hade fått den gåtfulla lådan som så i grunden hade förändrat hennes tillvaro och återfört henne till det vatten som nu stänkte på hennes jeans. Som så ofta under det gångna året tänkte hon på Alba och på hennes tragiska liv, som fått ett sådant dramatiskt slut. Hon hade varit en så nära vän. Marta kände sig osäker om hon hade kunnat göra något för att hjälpa henne och hon undrade om hon borde ha känt sig rädd, när hon nu visste hur nära hon kunde ha varit döden.

Hon funderade också över tillfälligheter, om de existerar, som den att mannen med den entoniga rösten råkat stå bredvid henne precis då hon tappade sin telefon, samma dag som hon hade anlänt till Mallorca. Att det var just honom som hon hade valt att fråga om att få låna mobiltelefonen för att ringa ett samtal till sina farbröder och berätta att hon var på Mallorca. Att de hade råkat vara i stan för att shoppa och hade varit ivriga att träffa Marta och att de hade kommit överens om att hämta henne om några timmar och ta henne med sig hem till Pollensa. Att mannen och hans syster, under artig tystnad, hade hört deras samtal.

Det var dessa tillfälligheter som gjort att mannen, inspektör Bonet, känt igen kvinnan på fotografierna som den natten hittats i Lokal 24. När han insåg vem det var hade han ringt tillbaka på det nummer som fanns sparat i hans telefon. Han gav då Marta exakta instruktioner om att stanna kvar hemma hos sina släktingar och att inte kontakta någon tills han hade givit henne klartecken att göra så. Vidare instruerade han lokalpolisen att under sina rundor hålla huset under uppsikt och att inte dela information med någon annan.

Innan han berättade var Marta befann sig behövde han ha koll på vad som hände och veta om hon befann sig i någon slags fara. Det var först efter att Albas livlösa kropp hade hittats och man fått bekräftat att det inte var ett mord, som inspektören körde till huset i Pollensa där Marta var. För att förklara för henne vad som hänt hade han då sällskap av kriminalkommissarie Martín. Det var han som ansvarade för att berätta vad man visste och som hade mer av den empati som krävdes för att klara ett så komplicerat möte.

Man skulle kunna säga att en viktig del av Marta hade dött den 15 januari föregående år. Den del av henne som velat bli en prinsessa och bära en krona hade helt enkelt försvunnit, liksom den del som en gång fått henne att ge upp sina ambitioner. Marta kände att hon sent omsider hade mognat och att de två motsatta krafterna, som länge hade kämpat mot varandra och hindrat henne från att hitta en balans i tillvaron, äntligen hade slutit fred. Hon bodde nu i en lägenhet i Alcudia, nära sina farbröder men tillräckligt långt bort för att kunna känna sig självständig. Hon hade hyrt en liten lokal och där börjat sälja färdigrätter. Marta hade alltid gillat att laga mat och hon var bra på det. Så, hon hade bestämt sig för att hon skulle kunna försörja sig på det och att döma av hennes försäljningssiffror hade hon inte haft fel. Efter en tur till marknaden lagade hon mat varje morgon och höll sen öppet för allmänheten till 15.30.

Under de senaste månaderna hade hon anställt en pojke som hjälpte henne med hemleveranser. Om det fortsatte så här skulle hon behöva fundera över att anlita någon mer som hjälp i köket, för att kunna möta den växande efterfrågan. Under eftermiddagarna tog hon promenader, läste och hade videosamtal med sin dotter. Julia bodde fortfarande i Salamanca men för sin magisterexamen tänkte hon fara utomlands. Marta var fri att träffa vänner eller göra vad hon nu ville av dagen.

Från Madrid hade hon bara tagit med sig sina kläder, de viktigaste fotografierna och rosenbusken som följt henne sedan Julia fyllde tre. Den växte och återuppstod varje säsong, som en påminnelse om att livet går i cykler och att klippen med en sekatör kan åstadkomma något vackert.

MARCOS - 16 FEBRUARI 2022

Om några timmar skulle Marcos träffa Laura. Han stod nu framför badrumsspegeln och testade olika ansiktsuttryck medan han sjöng med i de låtar som spelades på radion. Laura var en kvinna som han fått kontakt med genom ett dejtingföretag som erbjöd sig att hitta den perfekta partnern, eller åtminstone någon med en 'kompatibel kemi'. Efter erfarenheten med Alba hade Marcos tagit bort sin profil från alla kontaktsidor. Sen hade en vän berättat för honom om ett dejtingföretag och deras upplägg för dem som sökte en ny partner, efter att ha blivit blåsta eller tröttnat på tidigare nätdejtande.

De hade sammanförts för ett första möte i Palma, i en trendig cocktailbar på Paseo Mallorca. Det var ett ställe dit lokalbefolkningen efter pandemin åter sökte sig vid veckoslutet och så förkortade fredagens arbetsdag till timmen före lunch. Marcos och Laura hade träffats en tisdag klockan 19.00 och efter att ha blivit presenterade beställde de vin och något att äta. De två timmar som föreslagits för en första bekantskap blev fyra och när de nästa dag kontaktats av företaget, för att följa upp hur mötet varit, hade ingen av dem tvekat att uppge sitt telefonnummer.

Den här eftermiddagen skulle vara deras femte möte och Marcos verkade ha förlösts från det karma, som han erfarit för ett år sedan i sin relation med kvinnor. Det kändes som att stjärnorna stod rätt för att erbjuda honom det han nu letade efter i sitt liv.

HUGO - 17 MARS 2022

Hugo och Leonor halvlåg i soffan framför TV:n i vardagsrummet. De skulle just ta sig an sitt privata maraton-tittande på den andra säsongen av Game of Thrones och hade förberett sig med extra mycket popcorn och en chokladask med blandad konfekt, som blivit kvar från julen.

Det gångna året hade varit väldigt jobbigt för dem båda. De senaste månaderna verkade det ha blivit lättare och mer uthärdligt, men Hugo sörjde fortfarande sin syster Alba. Även djup smärta avtar ju med tiden, speciellt om man inte lägger för många hinder i vägen, eller som man säger: såret sluter sig och ersätts av ett ärr. Det kan man sen täcka över, eller välja att acceptera, titta på det och tänka att det markerar en viktig och oåterkallelig del av livsresan.

För Leonor var liv och död olika delar av samma väg. Hon hade stått väldigt nära sin farmor, som dog när Leonor bara var sju år gammal. Även efter det att farmodern hade dött så brukade Leonor, innan hon somnade, prata med henne och fråga henne till råds när hon behövde det. Den tron på att allt är en del av en kontinuerlig process hade gett henne styrka i svåra stunder. Det här försökte Leonor förklara för Hugo men han hade svårt att ta in sådant som han inte kunde röra vid med händerna och han tvivlade på att hans fru kunde ha rätt.

Det kan vara så i livet, som i Game of Thrones, att få av ens favoriter kommer tillbaka i kommande avsnitt och en lärdom kan vara att inte vänta tills man är gammal (eller död), för att lära vad som är verkligt viktigt att kämpa för.

FLORA - 18 APRIL 2022

För Flora fortsatte livet sin gilla gång, med blick för detaljer som gav en extra krydda åt tillvaron i hennes omsorg om hemmet och de som bodde där. Det kunde vara en bukett blommor som hon hämtat in från trädgården och ställt i en vas vid entrén, eller en god tårta som hon dekorerat fint. Kalla, regniga dagar kokade hon sin mammas varma soppa, på mogna tomater med lite ost. Det var den soppan som mamman tagit till när det inte hade funnits något annat att äta. Den gjorde alla lite gladare precis som hennes fisksoppa med majs, och andra läckra ecuadorianska rätter.

Hon log när hon tänkte på sina vuxna barn vars vägar skilts åt när de blev myndiga. Flickan var högutbildad och liksom sina anmödrar hade hon blivit en stark kvinna och arbetade nu i hemstaden på en bank. Hon hade ansvar för att hantera transaktioner kring inflytelserika affärsmäns privata bankkonton, men planerade för en fortsatt karriär. Parallellt med sitt arbete studerade hon för en magisterexamen. Hon uppfostrade samtidigt sina två barn som tillbringade mycket tid med den moster som en gång hjälpt till under hennes uppväxt och nu, enligt tradition, fanns med för att hjälpte till att fostra hennes barn.

Floras son, å sin sida, bodde nu i London med fru och barn. Han talade perfekt engelska och hennes pojke befann sig nu alltså i en helt annan och oerhört utmanande miljö.

När Flora nu såg tillbaka på sitt liv var hon tacksam för den räcka av händelser som hade fört henne dit där hon nu befann sig. Hon hade alltid hjälpt sin familj och, efter att ha betalat tillbaka varenda dollar som hon lånat, hade hon börjat spara. Maken och hon hade återförenats. Han arbetade från gryning till skymning i ett livsmedelsföretag och tillsammans hade de köpt en lägenhet i mitten av ön där de tänkte slå sig ner efter hennes pensionering. Fast, först hade de sett till att hennes släktingar i hemstaden kunnat flytta in i ett bekvämt hus med två lägenheter – ett hus som Flora och hennes man, med hjälp av en lokal hantverkare, hade byggt under deras årliga semestermånad i Ecuador.

FELIPE - 19 MAJ 2022

Det regnade kraftigt, men vinden hade mojnat och förvandlats till en mjuk bris som förde med sig en doft av vår och blöt jord. Från det öppna fönstret kunde han se två duvor som hade tagit sin tillflykt under entréns tak medan de drack vatten ur en pöl som bildades i en golvspringa. Fågelsången hade inte upphört utan tilltagit i styrka. Himlen var grå och den omgivande jorden hade blivit ännu rödare. Det rådde ett lugn, som förde med sig en längtan till barndomen och lust att göra inget annat än att bara sitta still och njuta.

Det var några månader sedan Felipe hade köpt sin fastighet på Mallorca och han var mitt uppe i ett renoveringsarbete. Belägen i Plá-området låg det bortom skyddande berg och utan havets stänk, men han njöt av den mallorkinska landsbygdens skönhet och det vidsträckta landskapets lugn. Det väntade ivrigt på att odlas upp med lokala grödor och olika sorters blommor från trakten, men arbetet var nu fokuserat på huvudbyggnaden och reparation av de naturstensmurar som omgav fastigheten. För det arbetet ansvarade två män. De kom ursprungligen från Marocko, men hade tillbringat halva sitt liv på ön.

Hans föräldrar skulle bo i den sidobyggnad vilken en gång fungerat som lagerlokal. Felipe hade ännu inte bestämt sig för om han skulle vilja dela resten av sitt liv med en ny kvinna men, så länge som möjligt, ville han att hans nära och kära skulle finnas nära. Så, där skulle finnas plats för hans barn och ett extra rum för vänner som ville sova över efter de kommande luncher och middagar som han planerade för.

ALBAS FRID

Alba behövde en alternativ tillvaro, både i sitt liv och i sitt skrivande. Hennes agerande och det som kom till uttryck i hennes anteckningsböcker och andra skrifter visade på hennes psykiska ohälsa och skulle ha kunnat tjäna som utgångspunkt för någon psykiatrisk diagnos. Helt klart är att hennes föräldrar inte borde ha blivit föräldrar. Albas och Hugos barndom kom att präglas av deras likgiltighet och barnens otillfredsställda behov. I stället för att helt enkelt få vara lyckliga hade de mött en känslokyla vilken inte bara kom att påverka dem som barn, utan också formade deras olika levnadsbanor som vuxna.

Alba fick äntligen frid i sinnet då hon lyckats pussla ihop en helhet med en, för henne, möjlig ordning som kombinerade en drömtillvaro med hennes upplevda verklighet. Klockor och minuter saknade betydelse i det tidsmässiga kontinuum av liv och död som fanns i hennes värld. Det innebar att både tanke och själ skulle vara öppna för att flexibelt kunna navigera undan allt det som kunde diktera en på förhand inmutad framtid.

Galenskap kan bli en flyktväg för en ren själ, som inte kan anpassa sig till hur verkligheten runtom utvecklas. På samma sätt kan förnuftet vara en reträttplats för att undgå krav från en extremt fientlig omgivning men det kan vara värt att ställa frågan vilket av de två alternativen som är den mest kloka eller/och mest uthärdliga. Svaret beror förstås på vars och ens inneboende kraft, liksom talang för att kunna tolka det som sker. Vår mentala hälsa kräver balans. Hur vi uppnår den kan bero på vilket bagage vi fått med oss och vad vi sen väljer att lägga i de olika vågskålarna.

TILL SLUT

Efter två år av pandemi med global osäkerhet, krig och instabilitet verkade 2022 många människor ha tappat fotfästet. Rapporter om våld och psykisk ohälsa fyllde tidningar och sjukhus samtidigt som lögner ersatte logik i en slags kapplöpning om kontroll över grannar och verklighetsbeskrivningar, både när och fjärran. Vanliga människor försökte så gott det gick att hantera sin vardag, men livet liknade för många hinderspelet i TV-serien "The Squid Game" och man nöjde sig ofta med att blicka framåt bara några dagar i taget.

Relationer på alla nivåer var i svajning, oföretagsamhet kom att paras med hyperaktivitet och drömmar om nya tider. Det är då som det är extra viktigt att komma ihåg värdet av en lek på stranden, att beundra utsikten över berget, välkomna möjligheten att ladda batterierna när som helst på dygnet, skratta gott åt en rolig film, njuta av beröringen av någon man bryr sig om, en kall öl... Till och med smaken då man tar en bit av en citron kan hjälpa en att komma ihåg att det enda som betyder något är här och nu. Det kan vara den viktigaste erfarenheten av detta komplicerade historiska skeende: insikten att vi inte vet om vi fortfarande kommer att vara här i morgon.

NÅGOT OM FÖRFATTAREN

Jag föddes på Mallorca, årets varmaste dag 1974. Med en svensk mamma, en mallorkinsk pappa och med förfäder och släktingar runt om nästan hela jordklotet, har jag fått med mig den rikedom som mångfald ger och hur viktigt det är att vi kan anpassa oss till allt som vi möter.

Jag älskar min ö, Mallorca, och det är en del av världen som jag, nyfiken och rastlös, bara tillfälligt lämnar för att besöka andra platser.

Sedan jag övergett två universitetsutbildningar, fick jag min examen i psykologi, samtidigt som jag började mitt äventyr som mamma.

Jag kombinerar min passion för psykologi – speciellt arbetet med barn och ungdomar – med fastighetsfrågor.

Det är nästan en evighet sen jag började uttrycka mig i text, men det här är första gången jag vågat skriva en lång historia.

Jag tackar dig som läser och jag hoppas verkligen att du tycker om min bok.

Printed in Great Britain
by Amazon

31671650R00131